U0048197

成
語

成
語

漫畫中國成語
4
全新修訂典藏版
御

生活筆記

綠色小魔鬼

最近面臨了一項可怕的挑戰。對方是一群殺不死的傢伙，殺到我筋疲力盡，而且有愈殺愈多的跡象。

那就是「草」！

是的，我必須坦白，我被打敗了！敗得徹底，徹底地敗！

小田園裡的野草實在太囂張，明目張膽地、肆無忌憚地狂長！狂長！狂長！什麼姿態都有，有那種碎屍萬段扔到哪裡就在哪裡冒出新芽的，也有那種像狗尾草會沾上褲子的，還有能從地底下向四面八方蔓延地盤的……

你會笑我拔草還不容易？

是的，拔一根草當然簡單，但要面對的是成千上萬的草，那可真是不容易呀！

你當然又會笑我，那用割草機砍一砍就沒事了嘛！

對的！我當然比你有先見之明，割草機也早已經買了，是那種後背式的長竿型除草機，而且還是買最好的牌子。不瞞你說，為了像個專業除草工的架勢，我還添購了擋泥面罩和那種像廚房圍裙的防護衣。

除草機剛買回來的第一天，把機器加滿了油，拉動引擎，Bloom! Bloom!聲音聽起來氣勢威猛！右手輕扣油門，長竿前端的割草刀片像電扇般發出嘯嘯的旋轉聲，所到之處野草應聲倒地。

除草的當時還真有點逆我者亡的變態興奮，但是這種機器需要用兩手去支撐著，就像是拿著一根前端懸著一塊鐵的掃把。由於同一姿勢持續太久，在操作的時候沒特別留意，放下機器才發現整個手臂肌肉僵硬，而且是右手！

天哪！腦門立刻閃過漫畫家因為除草導致右手報廢的新聞！太搞笑了吧！

倒下的草躺在地上，逐漸變成枯黃，隔沒幾天，泥土裡又冒出了翠綠的小芽，遇上了雨天，小草長得就更快了。反而倒是有心栽種的果樹怎麼就缺乏野草那種高昂的生命鬥志呢？種了一年多，連半個小果子也沒結，難道是撒下的肥料全給草吸收了，果樹旁的小草長得特別茂盛。

聽到有「人草戰鬥經驗」的前輩建議，可以噴一種殺草劑，能只殺死野草而不傷到果樹，但要特別注意安全，噴灑的時候不能吸入太多，否則人

殺
BLOON
BLOON
BLOON
哇
哇
哇
咻
咻
咻

和草一起陣亡。

天哪！腦門又閃過漫畫家因為恨草而服毒自殺的八卦訊息，太烏龍了吧！

小女兒看著老爸為草傷神的疲態，提出了很童話式的建議，養幾頭吃草的羊，耶！挺不錯的喔！但是誰去照顧羊呢？晚上還得擔心會不會有賊把羊偷走了！經濟不景氣，物價又猛漲，就連馬路上的涵洞鐵蓋都有人偷，更甭說是吃飽了草的肥羊，萬一不小心和偷羊賊發生交戰，而對方剛好又是七十多歲的老伯伯，一腳踢爆了高血壓……

天哪！明天頭版新聞就寫著：漫畫家不努力創作，因為幾根小草而殺人……

敖幼祥

目錄

生活筆記：綠色小魔鬼 2

事物篇

人山人海 9
川流不息 10
車水馬龍 11
門庭若市 12
門可羅雀 13
涇渭分明 14
萬人空巷 15
萬籟俱寂 16
趨之若鶩 17
三長兩短 18
煥然一新 19
無遠弗屆 20
一鱗半爪 21
包羅萬象 22
吉光片羽 23
車載斗量 24
寥若晨星 25
空無一物 26
眼花撩亂 27
聊勝於無 28

集腋成裘 30
微乎其微 31
奇貨可居 32
屢見不鮮 33
碩果僅存 34
鳳毛麟角 35
價值連城 36
十萬火急 37
急驚風遇著慢郎中 38
烏龍教室成語字謎1： 39
犬牙相錯 41
東倒西歪 42
參差不齊 43
亂七八糟 44
疊床架屋 45
珠胎暗結 46
老蚌生珠 47
千載難逢 48
大海撈針 49
不費吹灰之力 50
海底撈針 51
探囊取物 52
唾手可得 53
游刃有餘 54
摧枯拉朽 55

甕中捉鱉 57
鞭長莫及 58
一日千里 59
一成不變 60
一落千丈 61
九霄雲外 62
不脛而走 63
水漲船高 64
冰消瓦解 65
雨後春筍 66
星火燎原 67
富貴浮雲 68
黃粱一夢 69
滄海桑田 70
烏龍教室成語字謎2： 71

待人篇

冷眼旁觀 74
旁觀者清 75
當局者迷 旁觀者清 76
不關痛癢 77
各人自掃門前雪 莫管他人瓦上霜 78
束之高閣 79

隔岸觀火 81
漠不關心 82
一刀兩斷 83
一丘之貉 84
一呼百諾 85
八面玲瓏 86
千里鵝毛 87
不登大雅之堂 88
叱吒風雲 89
巧言令色 90
恭敬不如從命 91
臭味相投 92
推三阻四 93
喧賓奪主 94
賓至如歸 95
歡喜冤家 96
犬馬之勞 97
拔刀相助 98
高抬貴手 99
假以辭色 100
愛屋及烏 101
慷慨解囊 102
招搖撞騙 103
招權納賄 104
狐假虎威 105
冠冕堂皇 106
前倨後恭 107
挑撥離間 108

BOW
BOW

假公濟私 110
掛羊頭賣狗肉 111
欺世盜名 112
答非所問 113
虛與委蛇 114
烏龍教室 成語字謎3： 115
陽奉陰違 117
裝模作樣 118
道貌岸然 119
過河拆橋 120
圖謀不軌 121
醉翁之意不在酒 122
矯揉造作 123
趨炎附勢 124
善於獵豔 125
攀龍附鳳 126
癡人說夢 127
譁眾取寵 128
露出馬腳 129
不可一世 130
不識泰山 131
目空一切 132
夜郎自大 133
狗眼看人低 134
恃才傲物 135
剛愎自用 136

高不可攀 13
張牙舞爪 138
眼高手低 139
嗤之以鼻 140
甘拜下風 141
拳拳服膺 142
疾言厲色 143
動輒得咎 144
騎虎難下 145
責無旁貸 146
傾囊倒篋 147
當仁不讓 148
體貼入微 149
不成體統 150
不念舊惡 151
毋存芥蒂 152
以小人之心 度君子之腹 153
以牙還牙 154
息事寧人 155
討價還價 156
睚眥必報 157
烏龍教室 成語字謎4： 158

政治篇

不在其位不謀其政 161
牝雞司晨 162
人為刀俎 我為魚肉 163
人間地獄 164
不識時務 165
內憂外患 166
木已成舟 167
百廢俱興 168
兵連禍結 169
岌岌可危 170
波詭雲譎 171
席捲天下 172
烏煙瘴氣 173
豺狼當道 174
強幹弱枝 175
暗無天日 176
路不拾遺 177
滿目瘡痍 178
覆巢無完卵 179
牛鬼蛇神 180
民胞物與 181
除暴安良 182
恫瘝在抱 183
為民喉舌 184
貪贓枉法 185

結黨營私 1
監守自盜 187
人贓俱獲 188
三令五申 189
弔民伐罪 190
令出如山 191
作法自斃 192
格殺勿論 193
對簿公堂 194
漏網之魚 195
嚴刑峻法 196
鐵案如山 197
一人得道 雞犬升天 198
虎視眈眈 199
鉤心鬥角 200
旗鼓相當 201
窮兵黷武 202
黔驢技窮 203
烏龍教室 成語字謎5： 204
烏龍教室 總結模擬考： 206

事物篇

行事接物有規矩，事半功倍有效率。

人ㄖㄣˊ山ㄕㄢ人ㄖㄣˊ海ㄏㄞˇ

⊙人數眾多，聚集在一處。

咚！

超級巨片
年大王
售票口
新片上演，人山人海。

游泳池人山人海！
買漢堡送猫
買個漢堡也人山人海！

無聊的暑假。
回家看電視吧！
今日播出
人山人海

出處

形容人成群聚集的樣子。

語見《還魂記‧索元》：「人山人海，那裡淘氣去。」《拍案驚奇》第六卷：「二月十九日，觀音菩薩生辰，街上迎會，看的人山人海。」

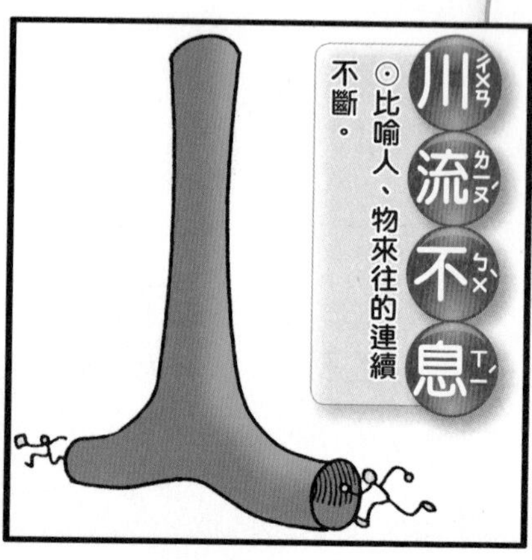
川ㄔㄨㄢ流ㄌㄧㄡˊ不ㄅㄨˋ息ㄒㄧˊ
⊙比喻人、物來往的連續不斷。

COMIC
和善的考蜜克開了一家漫畫書店。

價錢公道，貨源豐富，漫畫迷有口皆碑。
每天店裡的客人川流不息。

好看的漫畫，人鬼都喜歡。

出處

用以比喻連綿不絕。

語出《後漢書‧崔駰傳》：「處士山積，學者川流。」周興嗣千字文：「川流不息，淵澄取映。」

車水馬龍

ㄔㄜ ㄕㄨㄟˇ ㄇㄚˇ ㄌㄨㄥˊ

⊙形容來往的車輛很多，非常熱鬧。

HOTEL
我的觀光大飯店生意興隆。

門前車水馬龍，真令我應接不暇。
BUS
我上班的地方也是二十四小時車水馬龍。

失禮！失禮！不知大姐經營哪一家旅館？
我是高速公路的收費員。
被糗了。

出處

用來形容車馬眾多，往來不絕。
《後漢書・馬后紀》：「前過濯龍門上，見外家問起居者，車如流水，馬如游龍。」濯龍，園名，近北宮。

門ㄇㄣˊ庭ㄊㄧㄥˊ若ㄖㄨㄛˋ市ㄕˋ

⊙形容某個地方熱鬧非凡，門前來往的人非常多。

新書
如何打敗兔子

我是球票黃牛，
最喜歡門庭若市的地方。
售完
票

球票、戲票、車票，那裡有生意我就往那裡鑽！
球迷發生群毆，受傷人數眾多！
有生意了！

急診室門庭若市。
冷氣病床要不要？最後一間囉！

出處

用以形容顧客或訪客眾多。

語見《戰國策・齊策記》：齊威王鼓勵臣民批評朝政，結果「令初下，群臣進諫，門庭若市。」

生意太差了，門可羅雀。

門(ㄇㄣˊ)可(ㄎㄜˇ)羅(ㄌㄨㄛˊ)雀(ㄑㄩㄝˋ)

⊙形容一個地方非常冷清，沒有人來往。

WELCOME

可是為什麼隔壁的店卻門庭若市？
因為警察常來我店裡視察。

警察終結者
打擊英雄
殺警！
他們說我擺的電動玩具有威脅性！
警察末日
KILL the POLICE

出處

羅：捕鳥之網；此作動詞，捕捉之意。門口可以張網捕雀，形容門庭冷落，賓客稀少或生意清淡。見《史記‧汲鄭列傳贊》：「始，翟公為廷尉，賓客闐門；及廢，門外可設雀羅。後復為廷尉，賓客欲往。翟公大署其門曰：『一死一生，乃知交情；一貧一富，乃知交態；一貴一賤，交情乃見。』」

涇渭分明
ㄐㄧㄥ ㄨㄟˋ ㄈㄣ ㄇㄧㄥˊ
⊙形容事情的是非曲直，分得很清楚，絕不混淆。

是你先碰到我的！
妳先撞到我的！

你們有何冤屈？本府辦案向來是涇渭分明。
他的醬油濺到我的豆漿裡。
這…

她的豆漿也滴到我的醬油裡。
這…
我為何這麼雞婆！

出處

涇，涇水，水色混濁。渭，渭冰，水色清淨，二水都在陝西省。用以形容事情的是非曲直，分別明白，絕不混淆。亦可形容兩種極端不同的人、事、物，界限十分清楚，絕不混淆。

語出《詩經・邶風》：「涇以渭濁。」蘇軾次韻答王慎中詩：「俗裡光塵合，胸中涇渭分。」

偶像歌星
演唱會萬
人空巷！

萬人空巷

⊙形容人群爭相觀看，情況非常熱烈。

哼！小場面！
想當年
我開演唱會的
盛況才叫「萬
人空巷」！
梅小姐！
妳家樓下
萬人空巷
啦！

我的歌迷
依然對我
念念不忘！
喂？
喂？
樓上還有
個瘋女
人！

出處

萬人，形容人非常多。萬人空巷，許多人跑出去看熱鬧，使得巷里中空無一人。用以形容人群爭出觀看，情況極其熱烈。
語出宋・蘇軾詩：「賴有明朝看潮在，萬人空巷鬥新妝。」

好靜的月夜，萬籟俱寂。

萬籟俱寂
⊙形容周圍的氣氛非常寂靜。

如此美景使我想起了溫柔的亨利。
我們倆常在月光下散步，一起在沙灘上玩耍。
噢！亨利！
我好想你。

妳對我的愛不夠忠誠！
竟然還有個叫亨利的情人！
想念我死去的狗你也要吃醋嗎？

出處

籟，由洞穴所發出的聲音。萬籟，廣泛的指萬物所發出的聲響。此語是言萬物之聲響俱靜默，通常用以形容周遭氣氛之寂靜。
語出唐・常建詩：「萬籟此都寂，但餘鐘磬音。」

趨之若鶩
⊙比喻迎合某些事物的人數很多。

我先走了，我叔叔「成龍」在家等我。

原來成龍是你的叔叔呀！
我們最崇拜他了！
我也要去！
太興奮了！

叔叔，我的朋友都想來見您一面！
大家好！我就是「陳隆」。

出處

喻前往趨附者極多也。 趨，前往的意思。鶩，鴨的別名。

語出《孽海花》第二十七回：「白雲觀就是他納賄的機關，高道士就是他作惡的心腹，京外的官員，那個不趨之若鶩呢？」

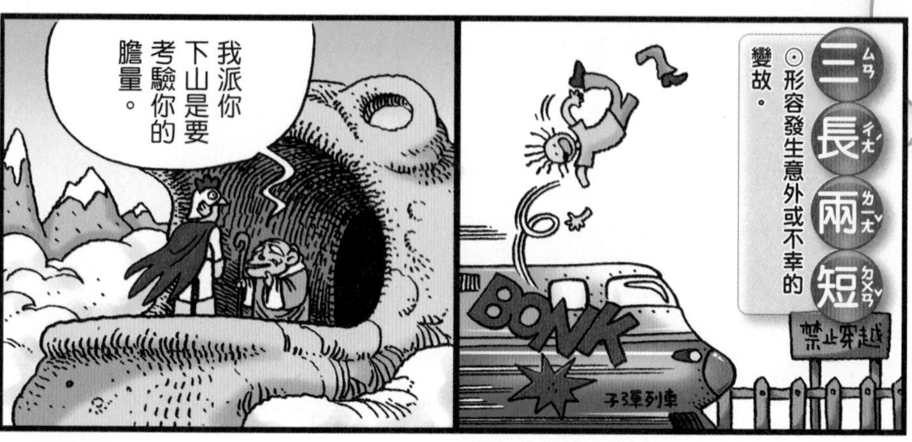
三長兩短 ㄙㄢ ㄔㄤˊ ㄌㄧㄤˇ ㄉㄨㄢˇ
⊙形容發生意外或不幸的變故。
禁止穿越
BONK
子彈列車
我派你下山是要考驗你的膽量。

我不在時誰幫您洗衣、燒飯呢？
您又有心臟病、糖尿病、重聽、風濕……

萬一有個三長兩短，死了發臭都沒人知道。
我……我還是和你一起去吧！

出處

常用在遭到不幸變故而死亡。與「一長兩短」、「一差兩錯」意同。
語出元・無名氏〈蘘山溪・不如歸去〉詞：「不如歸去，作個清閒漢。著甚來由，惹別人、三長兩短。」

煥然一新

煥（ㄏㄨㄢˋ）然（ㄖㄢˊ）一（ㄧ）新（ㄒㄧㄣ）

⊙形容經過清潔之後顯得很光鮮。

洗潔精
SHAMPOO

金龜車打蠟之後，煥然一新。

狗屋經過粉刷之後，煥然一新。

穿上了乾淨的衣服，看起來煥然一新。

好奇怪！
妳在洗什麼？
它不會煥然一新。

鈔票。
妳的豬腦袋才該洗了。

出處

用以形容某人或某物，經過清潔整理後，顯得十分光鮮。語出《紅樓夢》第五十三回：「已到了臘月二十九日了，各色齊備，兩府中都換了門神、聯對、掛牌，新油了桃符，煥然一新。」宋・陸游《老學庵筆記》卷八：「宣和末，有巨商捨三萬緡，裝飾泗洲普照塔，煥然一新。」

無ㄨˊ遠ㄩㄢˇ弗ㄈㄨˊ屆ㄐㄧㄝˋ

⊙形容一個人或事物的影響力十分深遠。

電話對生活的影響無遠弗屆。

電話線路暫停使用！
天哪！電話不通！
我好像失去了安全感！

我要找誰聊天？
我訂不到披薩！
我沒辦法預約美容！
完了！我完了啦！！
喂！
喂！
喂！
喂！
喂！
喂！
喂！
人類對電話的依賴無遠弗屆。

出處

用以形容一切人、事、物能力高超，再遠的地方都能到達。
語出《書經・大禹謨》：「惟德動天，無遠弗屆。」

一鱗半爪
⊙一件事情並不完全了解，而只知其中一部分。

夜空的星星好美呀！

雖然美，但都是沒有生物住的大石球。
你只知一鱗半爪，就以管窺天。

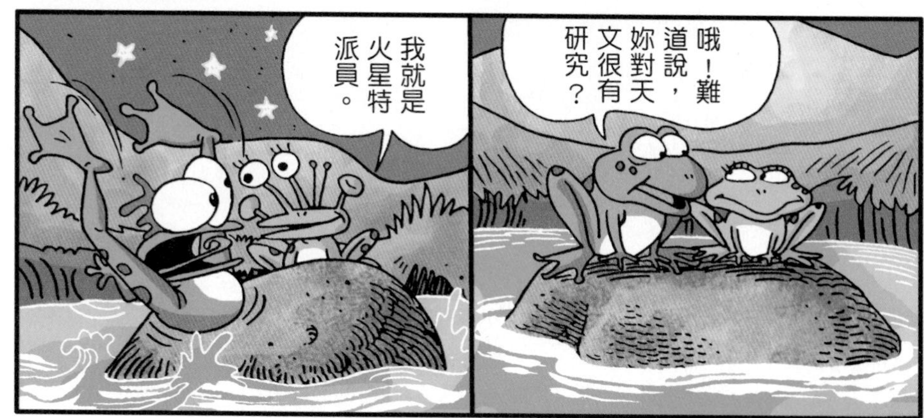
哦！難道說，妳對天文很有研究？
我就是火星特派員。

出處

形容微少，或比喻隱而微現的部分事物。
語出趙執信《談龍錄》：「神龍者屈伸變化，固無定體，恍惚望見者，第指其一鱗一爪，而龍之首尾完好。」

包羅萬象
⊙表示內容豐富，一切事物都包含在裡面。

這本百科內容真豐富！
應有盡有！

科學、醫學、化學、數學……
真是包羅萬象！
包羅萬象嗎？
對呀！

有沒有兄弟象隊今年的打擊率？
大爛書！
萬象少一象。

出處

羅：網。包：包括。萬象：天地間一切事物，通常指內容形形色色，一切事物都包含其中。
語出〈黃帝宅經序〉：「所以包羅萬象，舉一千從，運變無形，而能化物，大矣哉！陰陽之理也。」

吉光片羽
◎比喻殘餘的藝術珍品，如同神馬既已不可見，得其片羽撮毛，亦足珍貴。
藝術家以有限的生命投入創作。

他們留下的作品吉光片羽。
我的圖畫以後也是吉光片羽嗎？

老師的態度彷彿不屑一顧！
因為我倆畫的一樣爛！
…

出處

比喻殘存的珍貴文物。吉光：古代傳說中的神獸，牠的毛皮所做的衣服，放在水中幾天不沉，放在火裡也不會燒焦。

語出王世貞《三吳楷法》：「此本乃故人子售余，為直十千，因留置此，比於吉光之片羽耳。」

事物篇

車ㄔㄜ 載ㄗㄞˋ 斗ㄉㄡˇ 量ㄌㄧㄤˊ

⊙形容某些事物數量很多。

我國的職棒高手如雲。
真可說是「車載斗量」。

環保問題
環保問題

他們全壘打的數目更可用「車載斗量」來形容。
我打過的棒球數目也可算是「車載斗量」。
COMIC

哇！英雄是哪一隊的巨炮？
45
COMIC
球迷
他是三振次數可以用車載斗量！

出處 《三國志・吳書・吳主權紀注》：吳遣趙咨使魏，魏文帝問曰：「吳如大夫者幾人？」咨曰：「聰明特達者八十九人，如臣之比，車載斗量，不可勝數。」比，類也。比喻數量極多，與「恆河沙數」意同。

寥若晨星

ㄌㄧㄠˊ ㄖㄨㄛˋ ㄔㄣˊ ㄒㄧㄥ

⊙形容數目很稀少。

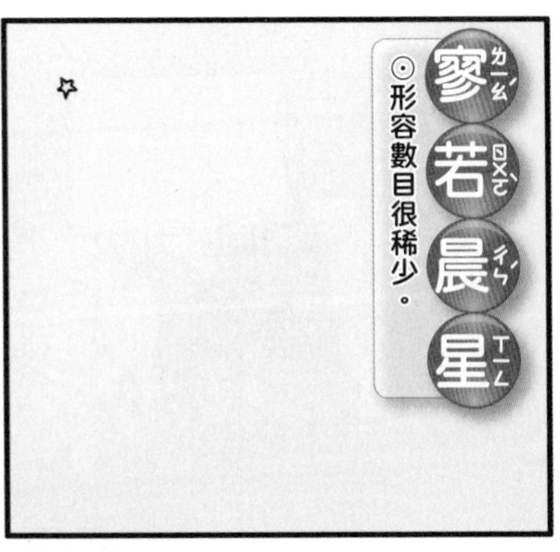

我滿腔愛國熱血，如今卻落魄鄉野！

這年頭識才之君真是寥若晨星。
這年頭知書達禮的人也是寥若晨星。

莫非先生也是憂懷國事的有志之士？
我是魚池的主人！你想釣霸王魚嗎？

出處

寥，稀少。晨星，天快亮時仍掛在天上的星星，用以形容人數的稀少。與「寥寥無幾」義同。
語出南朝齊・謝朓〈京路夜發〉詩：「擾擾整夜裝，肅肅戒徂兩。曉星正寥落，晨光復泱漭。猶沾餘露團，稍見朝霞上。」

空無一物

⊙比喻一無所有。

何謂禪者無心三昧境？

要無心的聽、無心的看、心中要空無一切。
師父們，院中米缸空無一物啦！

我們的錢袋也被偷得空無一物啦！
!
!
!
唉！肚中空無一物，艱苦也！

出處

空，盡也。

語出《初刻拍案驚奇》卷三十六：「此間是個古塚，內中空無一物，後有一孔，郎君可避在裡頭。」

眼花撩亂

一ㄢˇ ㄏㄨㄚ ㄌㄧㄠˊ ㄌㄨㄢˋ

⊙事物繁雜，使人心意迷亂。

1000種冰淇淋

每天批一大堆考卷，看得眼花撩亂。
蜥蜴老師

尤其是皮皮的考卷更是快令我腦充血！

選擇題的答案竟然是……
「老師您猜猜我會選哪一個呢？」

然後，你猜他寫什麼答案呢？

他寫我不告訴你！
嗜！

快被學生氣炸的老師們，請保重。

出處

形容看到繽紛的色彩、繁雜的事物，眼睛昏花，心意迷亂。又作「眼花繚亂」。

語出王實甫《西廂記》：「似這般可喜娘的龐兒罕曾見，則著人眼花繚亂口難言。」

聊勝於無

⊙因為缺乏，所以暫且填補，總比沒有好。

來人哪！拿本宮的鴉片來！

老佛爺！皇上在查禁，貨源全斷了！
我不管！沒鴉片我受不了！

既然如此，只有「聊勝於無」了。
快拿來吸！
鴉片沒有，用鴨便過過癮吧！

出處

聊，權且、姑且。勝，超過。多用作解嘲或告慰之語，表示事物雖有不好或不足，但暫且一用，總比沒有來得好。

語出《官場現形記》第四十五回：「王二瞎子一聽，仍是衙門裡的人，就是聲光比帳房差些，尚屬慰情，聊勝於無。」

掌上明珠

⊙父母所愛的女兒。

錢員外對他的掌上明珠非常寵愛。

天賜良緣。
這真是才子配佳人！
送這麼多禮！
太客氣囉！
小生有禮啦！

唉！
令嬡呢？
為何不見掌上明珠？
豬八戒，你沒看到我嗎？
掌…上…明…珠！

出處

南齊《述異記》：「越俗以珠為上寶，生女謂之珠娘，生男謂之珠兒。」專門用來指父母所疼愛的女兒。

語出晉・傅玄〈短歌行〉：「昔君視我，如掌中珠。何意一朝，棄我溝渠。」

事物篇

集腋成裘

⊙比喻聚少成多，可以完成可貴的事物。

白狐腋下的皮毛是最高級的材料。

一件白狐裘需要上千隻白狐才能做成。
你看我這件質料如何？

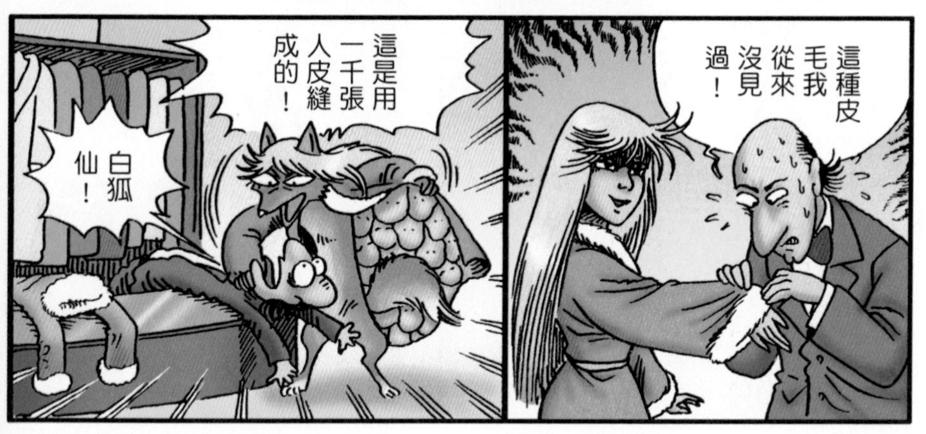
這種皮毛我從來沒見過！
這是用一千張人皮縫成的！
白狐仙！

出處

腋，指白狐腋下之皮。用以比喻聚少成多之意，另外也可用來比喻匯集眾力以成一事。與「眾志成城」意近。

《太平御覽・獸狐》:「慎子曰：『粹白之裘，非一狐之皮也。』」

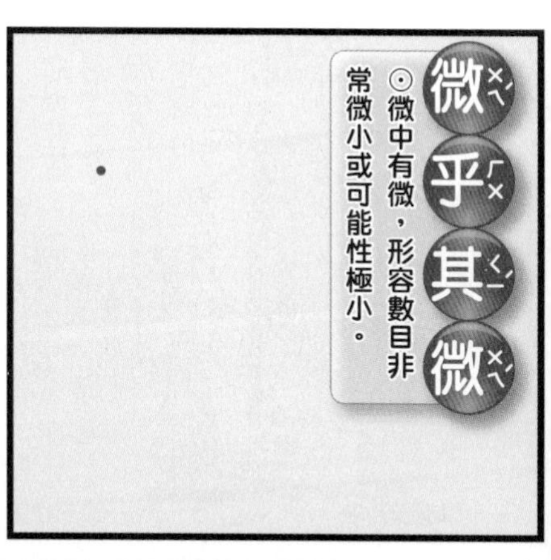
微乎其微
⊙微中有微，形容數目非常微小或可能性極小。

診療室
蜥蜴老師，你治癒的機會微乎其微。
唉！只好放棄了吧！

天哪！
老師得了重病？
他得了不治之症！
他沒救了嗎？
完了？
完—了!

蜥蜴老師，我們希望你別想不開……
沒什麼啦！只是想把假牙裝回去！

出處
語出《詩經・爾雅・釋訓》：「式微式微者，微乎微者也。」或見魯迅《書信集・致孫用》：「書店為裝飾面子起見，願意初版不賺錢，但先生初版版稅只好奉百分之十，實在微乎其微了。」

事物篇

奇貨可居

ㄑㄧˊ ㄏㄨㄛˋ ㄎㄜˇ ㄐㄩ

⊙珍貴罕見的貨物被囤積起來，以謀取厚利。

長生不老肉

你現在成名了，作品也奇貨可居。
多謝老師三十年的栽培。

這幅畫我怎麼沒見過？

這是二十九年前畫的。

這個魔鬼畫得面目猙獰，栩栩如生！
我畫的就是你。

出處

奇貨，罕見的貨物。居，儲積。用以表示有利可圖，常以之形容珍奇的貨物被囤積起來，或比喻有用人才被控制、利用。語出《史記・呂不韋傳》：「子楚為秦質子於趙，居處困，不得意。呂不韋賈邯鄲，見而鄰之，曰：『此奇貨可居。』」鄰，同「憐」。質，ㄓˋ，作人質。

屢ㄌㄩˇ見ㄐㄧㄢˋ不ㄅㄨˋ鮮ㄒㄧㄢ

⊙常常見到，並不稀奇。

紐約街頭的搶劫事件，屢見不鮮。
WARRR
POWEE
BANK

小姐，你單身出門不怕被搶嗎？

搶案我看多了，屢見不鮮。

你真有膽量。
萬一遇到搶匪怎麼辦？
沒有萬一，因為我就是搶匪。

出處

鮮，多用來形容某一事物常可見到，並不新奇。

例：炎炎夏日，因戲水不慎溺斃的慘事「屢見不鮮」，你們這次到河邊烤肉，一定要特別小心。

語出清・洪昇《長生殿・序》：「從來傳奇家非言情之文，不能擅長；而近乃子虛烏有，動寫情詞贈答，屢見不鮮，兼乖典則。」

碩(ㄕㄨㄛˋ)果(ㄍㄨㄛˇ)僅(ㄐㄧㄣˇ)存(ㄘㄨㄣˊ)

⊙形容唯一留下的人或物。

趙霸東是前朝「碩果僅存」的五星大將。

宋小帽是京城裡「碩果僅存」的神偷。
樑上君子。

宋小帽要來盜取趙府裡一顆「碩果僅存」的夜光珠。

不巧被趙府裡一隻「碩果僅存」的老忠犬給咬住了。
!
啊

結果被打得「碩果僅存」剩下一顆牙。

出處

《易經．剝卦》：「上九，碩果不食。」按剝卦從初至五皆為陰爻，諸陽剝削幾盡，只有上九為陽爻，有如樹木上僅存一碩大之果實孤懸於樹梢而未採食。

鳳毛麟角

⊙比喻珍貴而不常見到的東西。

貓熊是世界上最受寵愛的動物。

牠非常珍貴，只有中國才有貓熊。
我也養了一隻「熊貓」，全世界只有這隻。

「熊貓」？怎麼沒聽說過？
喵
怪胎！這是外星動物嗎？

出處

《世說新語・容止》：王敬倫風姿似父，桓公望之曰：「大奴固自有鳳毛。」
蔣濟〈萬機論〉：「學如牛毛，成如麟角。」

價(ㄐㄧㄚˋ)值(ㄓˊ)連(ㄌㄧㄢˊ)城(ㄔㄥˊ)
⊙形容一件寶物非常珍貴。

這幅畫乃是唐伯虎的真跡。

你上當了！這是模仿的贋品。

古董商說這是價值連城的寶物！

你別傷心，有一部分是真的古董。

畫軸是宋朝木頭做的。
××××××××

出處

形容一件物品非常珍貴和重要。
語出《史記・廉頗藺相如列傳》：「趙惠文王時，得楚和氏璧。秦昭王聞之，使人遺趙王書，願以十五城請易璧。」

十萬火急

ㄕˊ ㄨㄢˋ ㄏㄨㄛˇ ㄐㄧˊ

⊙事情非常急迫，必須立刻解決。

CRACH
PONLOM
哇！飛機撞山啦！

快打電話求救！
十萬火急時，竟然沒電了！

快下山找公共電話。
十萬火急時，公共電話卻故障了！

出處

十萬：用來表示強調的語氣。形容情勢非常緊急，刻不容緩。

急驚風遇著慢郎中

⊙比喻緩不濟急。

藥到病除
華陀師，我師父肚子痛！

等一下。
把桌子收一收。
把地掃一掃。
把花澆一澆。
急！
把鵝餵一餵。
快

喂！
你說你師父肚子痛？
是的！
請你快一點！
我先拉個肚子。
急驚風遇著慢郎中！

出處

郎中：中醫師。用以比喻非常著急的事遇到了慢性子的人。常用來責怪他人遇到急事，卻一點也不著急。

語出《夢筆生花·杭州俗語雜對》：「窮官兒強如富百姓，急驚風遇著慢郎中。」

成語字謎 1

烏龍教室

難度 ☆☆☆☆

親愛的讀者朋友，看完了前面的漫畫成語，應該學了不少成語用法了吧！快來做個小測驗，看看自己記得多少。溫故知新，有助於知識的累積喔！

下頁的表格裡，共有12組成語缺字填空，快來動動腦，把空格補上喔！

下方有提示喔！
墨汁

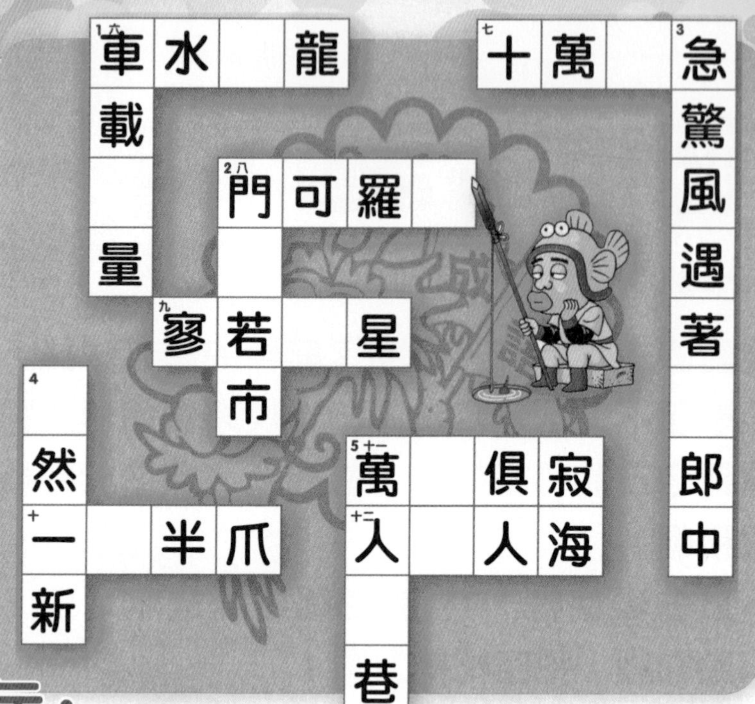

1六 車 水 龍
七 十 萬
3 急
載
驚
2八 門 可 羅
風
遇
量
九 寥 若 星
著
4
市
然
5十一 萬 俱 寂
郎
十 一 半 爪
十二 人 人 海
中
新
巷

提示：

1 要用車裝，拿斗來量，用來形容數量很多。

2 比喻上門來的人非常多。

3 比喻有很急的事相求，卻遇上動作慢吞吞的人。

4 改變舊觀，顯露新面貌。

5 人們都從家裡出來，一起參加慶祝和歡迎等盛會。

六 門前車馬往來頻繁，形容賓客眾多的熱鬧景象。

七 形容情況非常緊急。

八 描述家中來客稀少，門庭冷清可張網捕雀鳥。

九 清晨天空，星星只有幾顆，用來形容數量稀少。

十 只見到零星片段，看不到事物的全貌。

十一 比喻萬物安靜無聲。

十二 形容聚集的人群數量非常多。

答案：1.車載斗量、2.門庭若市、3.急驚風遇著慢郎中、4.煥然一新、5.萬人空巷、6.車水馬龍、7.十萬火急、8.門可羅雀、9.寥若晨星、10.一鱗半爪、11.萬籟俱寂、12.人山人海

（這些答案都在P.9～38喔！忘記的話快點翻到前面複習一下吧！）

犬ㄑㄩㄢˇ牙ㄧㄚˊ相ㄒㄧㄤ錯ㄘㄨㄛˋ
⊙事物參差不齊地交錯銜接在一起。

中越邊界的「犬牙相錯」。
這塊石頭是我國的。
是我國的。
界

連青蛙也常有爭執。
這口井是我國的！
是我國的！
中越界
甚至連魚也有了糾紛。
這條蚯蚓是中國的。
是越南的！
界

中越兩國原本就是兄弟之邦。
應該和睦相處。
但是魚是我先釣到的！
是在我國水裡上鉤的！
界

出處

《史記・文帝紀》：「高帝封王子弟，地犬牙相制。」漢高祖分封土地，彼此邊界像狗的牙齒銜接。形容事物參差不齊地交錯銜接在一起。

東ㄉㄨㄥ倒ㄉㄠˇ西ㄒㄧ歪ㄨㄞ

⊙形容物品傾倒零亂。

啊！課桌椅東倒西歪？

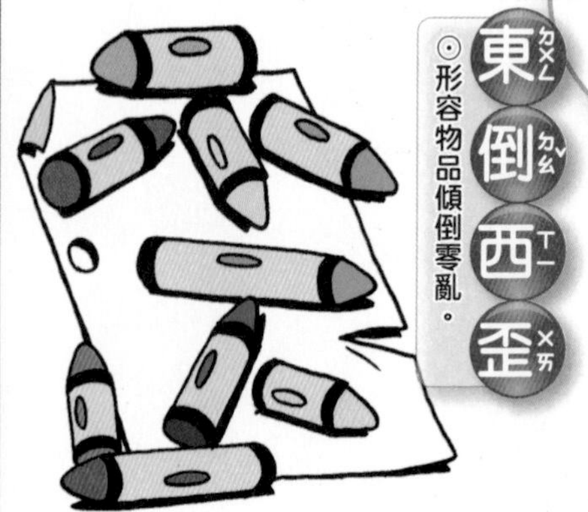

皮皮在教室裡打躲避球！
你把教室當球場？

罰你寫十遍「我不在教室打球。」
唉！寫字也是東倒西歪。

出處

形容走路搖晃的樣子，也形容物體傾斜不正。

語出楊文奎《兒女團圓》二折：「你看他行不動，東倒西歪。」吳承恩《西遊記》八十回：「只見那門東倒西歪。」

參差不齊
⊙形容事物的外貌或程度上的不相同。
我這一生都奉獻給神聖偉大的教育工作。
百年樹人

幾十年來的心得只能用「參差不齊」來形容。
AD
COMIC SCHOOL 1988
我所教的這一班在程度上「參差不齊」。
百年樹人

考試的成績也非常「參差不齊」。
皮皮 51
笨龜 2
胖胖 88
大冠 100
老米
就連排起隊來也是「參差不齊」。

出處

《詩經・周南・關雎》:「參差荇菜,左右流之。」參差,長短不齊的樣子。
《楚辭・九歌・湘君》:「望夫君兮未來,吹參差兮誰思。」參差,洞簫也。(古樂器名,相傳為舜所造排簫,因各管長短不齊,故名。)

亂七八糟 ㄌㄨㄢˋ ㄑㄧ ㄅㄚ ㄗㄠ

⊙形容沒有秩序，毫無條理，雜亂不整齊。

你的文章寫得真是亂七八糟！
今天天氣有夠給他很好的啦!!

你畫的圖也是亂七八糟！
二位師父別生氣，我煮八寶粥孝敬您們。

嗯！
香！
煮的夠水準！
!
師父的吃相最亂七八糟！

出處

用以形容非常混亂、不整齊，沒有條理的樣子。

語出清・吳趼人《發財祕訣》：「只見床前放著一只衣箱，就將衣箱面做了桌子，上面亂七八糟堆了些茶壺、茶碗、洋燈之類，又放著幾本書。」

疊床架屋

ㄉㄧㄝˊ ㄔㄨㄤˊ ㄐㄧㄚˋ ㄨ

⊙比喻一切新的措施沒有創見，而只是重複已經做過的。

這本數學看過三遍，「疊床架屋」浪費時間。

這本也看過三遍，「疊床架屋」浪費時間！
化學
這些也看過三遍啦！
「疊床架屋」浪費時間！

兒呀！你別老是用「疊床架屋」這句成語來壓我。
數學
你考鴨蛋也「疊床架屋」好幾年啦！
1年
2年
3年

出處

此語用來比喻一切措施，如說話、寫文章、設制度等，沒有新的創見或作用，只是重複已經做過或已設置的事物而已。與「床上施床」、「架床疊屋」義同。

語出北齊・顏之推《顏氏家訓・序致》：「魏、晉已來，所著諸子，理重事複，遞相模效，猶屋下架屋，床上施床耳。」

珠胎暗結

⊙形容女子懷孕。

媽媽的肚子愈來愈大了。

她珠胎暗結，快生小寶寶了。

這是你的病因。
膽結石
我得了膽結石！

結石？「結」？「珠胎暗結」？
原來爸爸也會懷孕呀！

出處

《本草真珠集解》：「時珍曰：『凡蚌聞雷則胎瘦，其孕珠如懷孕，故謂之珠胎。』」
揚雄〈羽獵賦〉：「椎夜光之遮流離，剖明月之珠胎。」

老蚌生珠

⊙比喻女人年紀大了，卻還生了個不錯的兒女。

聽說蔣夫人最近老來得子啦！

五十歲還能生孩子，真是不簡單。
可以用老蚌生珠來形容她。

章夫人何時再「老鴨生卵」呢？
蠢徒！成語不可以隨便亂編的！

出處

孔融〈與韋端書〉：「不意雙珠近出老蚌。」此擬韋端的年紀不小了，還能生出兩個優秀的兒子來。有恭頌人晚年得子之意。

《元史・陸印傳》：「吾以卿老蜯，遂出明珠。」蜯，同蚌字。

千載難逢
⊙比喻極為難得的機會。
今天章大人要做六十大壽。

賓客裡一定有很多殷商富豪、達官顯要。
他們個個身懷鉅款。
咱們可以大幹一票了。嘿嘿……

真是個千載難逢的發財機會。
賣地瓜喲！
真糗！我還以為是來搶劫的咧。
烤地瓜

出處

《晉書・慕容雲載記》：「機運難邀，千歲一時，公焉得辭也？」
王羲之〈與會稽王箋〉：「遇千載一時之運，顧智力屈於當年。」

大（ㄉㄚˋ）海（ㄏㄞˇ）撈（ㄌㄠ）針（ㄓㄣ）

⊙比喻難以求得，機會渺茫。

船長！有架飛機落海啦！

我沒看見哪！

真的！是我親眼目睹的！

這下子真的是大海撈針了。

SEADOG

三天了！我們實在找不到。

只好放棄了。

啊？

我的玩具飛機是紅色的，很好找嘛！

從海裡撈一根針。比喻事物很難辦到或找到。也作「海底撈針」、「東海撈針」。
語見《春蕪記・定計》：「咳，只是命運低微，人情薄惡，覓利如大海撈針，攬禍似乾柴引火。」

不費吹灰之力

⊙某件事情辦起來很容易，不費事。

特異功能！
隔空移物！

真是精采！

不過我喝茶從來不動手！
啊

而且絕對不費吹灰之力。
這是什麼超能力？
徒弟上茶！
來啦！

出處

不必花費一點點的力量。形容事情極易完成。
語出《准南子・齊俗訓》：「夫吹灰而欲無眯，涉水而欲無濡，不可得也。」

海（ㄏㄞˇ）底（ㄉㄧˇ）撈（ㄌㄠ）針（ㄓㄣ）

⊙比喻尋覓很困難。

在大師兄的光頭上找頭髮，有如海底撈針。

在小師弟嘴裡找顆好牙，有如海底撈針。

要蔡捕頭找隻乾淨的襪子，有如海底撈針。

要在章大人身上找塊完美的皮膚，有如海底撈針。

好慘，被修理得體無完膚。

說！這個狐狸精是誰？

出處

《平妖傳》第八回：「又不是我們作中過繼到寺內的，認得他何州何縣，向海底下撈針去。」
《兒女英雄傳》第十一回：「書辦搖著頭說道：『太老爺要拿這個人，只怕比海底撈針還難。』」

探囊取物

⊙比喻事情很容易做到，有如從袋中拿出東西一般簡單。

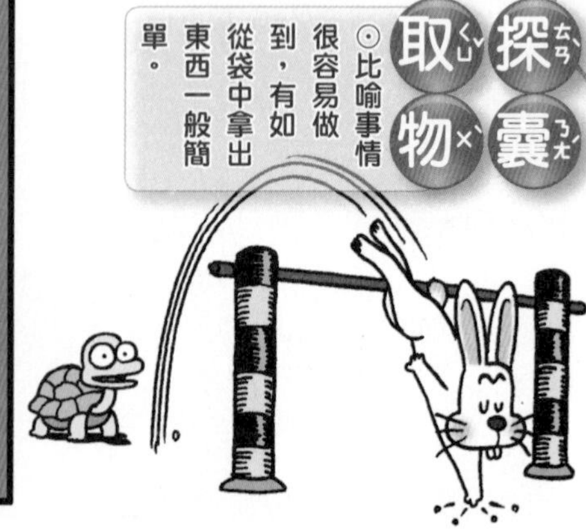

滷蛋功課好，考100分有如探囊取物。
簡單嘛！
甲上

黑貓彈性好，上下跳躍有如探囊取物。

你？
要打敗你有如探囊取物。

胡椒粉戰術！

欺負我大鼻孔!!
哈啾!!
哈啾!!

出處

比喻事情非常容易辦理。囊，袋子。

語見《五代史・南唐世家》：「中國用吾為相，取江南如探囊中物耳。」《三國演義》第四十二回：「我向曾聞雲長言，翼德於百萬軍中，取上將之首，如探囊取物。」

今天要聯考了，你還在玩電動！

唾手可得

⊙形容自認完成一件事情非常容易。

我「胸有成竹」，考上大學是「唾手可得」。
我真高興你信心十足。

但絕不能掉以輕心。
考場
你連考了五年，攤販都認識你啦！
嗨！你們又來啦！
便當
汽水

出處

唾，吐唾沫。唾手，即唾掌，喻極容易。形容非常容易得到。
《後漢書‧公孫瓚傳注引九州春秋》：「瓚曰：『始天下兵起，我謂唾手可決。』」《唐書‧褚遂良傳》：「帝欲自討遼東，遂良言，但遣一二愼將，唾手可取。」

游刃有餘

⊙從容應付，輕鬆地完成一件事。

我的新片「鳳梨公主」正在物色女主角。

以妳的條件應該是游刃有餘。
我？
吔！終於能演女主角啦！

開麥拉
「鳳梨公主」
嗯！果然是游刃有餘。

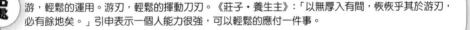

出處

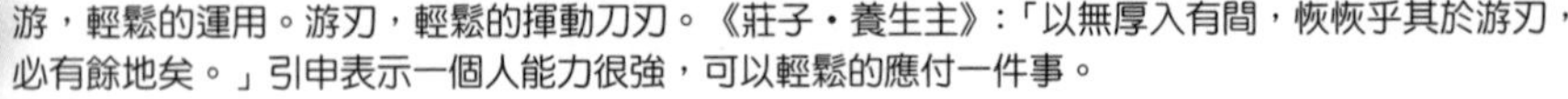

游，輕鬆的運用。游刃，輕鬆的揮動刀刃。《莊子・養生主》：「以無厚入有間，恢恢乎其於游刃，必有餘地矣。」引申表示一個人能力很強，可以輕鬆的應付一件事。

摧枯拉朽

⊙做一件事非常容易，根本不費力。

三角龍出現啦！

破壞建築有如摧枯拉朽！
聽說你們這裡有一個自稱百年不壞的龍。

叫牠出來！我要向牠挑戰！
請問牠叫什麼龍？
中文叫「保麗龍」……
……

出處

朽，腐化、敗壞之物。比喻事情非常容易，如同將枯爛之物掃除一般，毫不費力。

《漢書・異姓諸侯王表》：「摧枯朽者易為力。」

《晉書・甘卓傳》：「將軍之舉武昌，若摧枯拉朽。」

險象環生
⊙接二連三相繼發生危險的現象。

飛機故障進行迫降！

真是險象環生！
幸好有驚無險！
可把我累慘了！

電梯故障啦！
旅館發生火警，請立刻疏散！

環生，指像環套一樣，一個接一個地產生。用以形容危險接二連三發生。

甕中捉鱉

⊙在絕地中非常有把握的捉拿敵人或犯人。

獅子掉進陷阱啦！

甕中捉鱉！牠跑不了啦！
吼！
哇！母獅來襲！

哇
哇
剛才是誰說「甕中捉鱉」的？
成語

出處

比喻唾手可得，非常有把握的樣子。

語見《水滸傳》：「這事容易，甕中捉鱉，手到拿來。」《歧路燈》：「我見了他，掉我這三寸不爛之舌，管保順手牽羊，叫你們甕中捉鱉。」

鞭ㄅㄧㄢ長ㄔㄤˊ莫ㄇㄛˋ及ㄐㄧˊ
⊙比喻因距離長遠，威勢無法達到。

你的叛軍竟然向我攻擊！

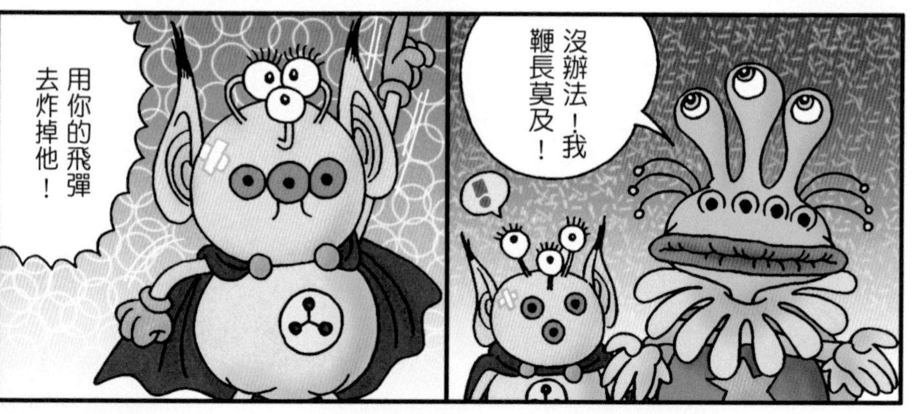

沒辦法！我鞭長莫及！
用你的飛彈去炸掉他！

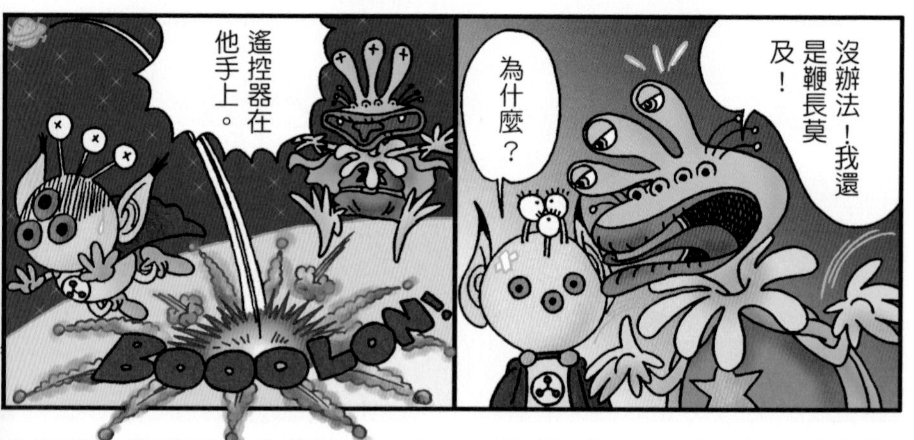

沒辦法！我還是鞭長莫及！
為什麼？
遙控器在他手上。
BOOOLON!

出處 用以比喻力所不及。《左傳・宣公十五年》：「宋人使樂嬰齊告急於晉，晉侯欲救之。伯宗曰：『不可，古人有言曰：雖鞭之長，不及馬腹。天方授楚，未可與爭。』」注：「言非所擊。」謂馬腹非鞭擊之處。後人用以形容勢力有限，難以遠及。

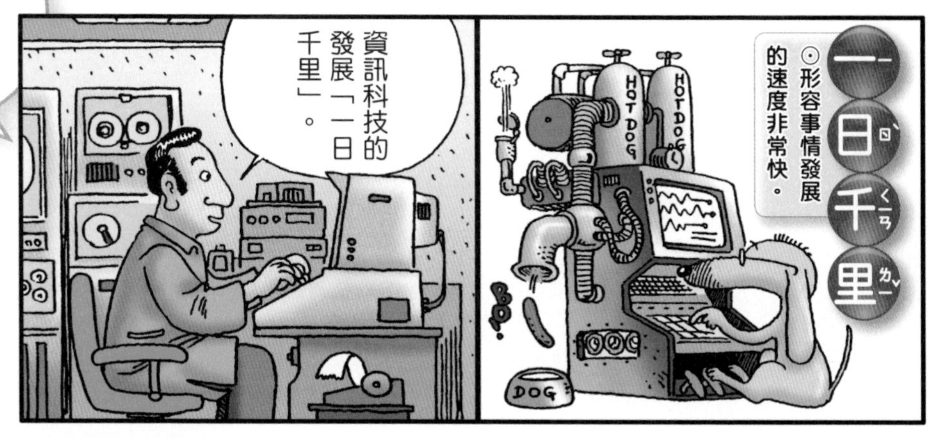

一日千里
⊙形容事情發展的速度非常快。
HOT DOG
HOT DOG
DOG
資訊科技的發展「一日千里」。

出境

所以國際語文是很重要的溝通工具。

ENGLISH

為了美好的未來，把兒子送到國外去學習。

入境

幾年不見，不知道他發展得如何了？

Hey! PAPA! She is LoLo!!

哇！真的是「一日千里」！

出處 《莊子・秋水》：「騏驥驊騮，一日而馳千里。」《後漢書・王允傳》：郭林宗嘗見允，而奇之曰：「王生一日千里，王佐材也。」蘇軾〈論文〉：「吾文如萬斛泉源，不擇地皆可出，在乎地滔滔汨汨，雖一日千里無難。」用以形容某些事情進展的速度之快。

一成不變

◎指一件事物依然如故，沒有什麼改變。

阿麗！多年不見，妳還是老樣子。

妳的臉和十年前一樣的美。
妳的身材一成不變，還是很迷人。

你虛偽的奉承也一成不變。
!
哼！妳的口臭才是百年不變！

出處 《禮記・王制》：「刑者侀也，侀者成也，一成而不可變，故君子盡心焉。」

一落千丈
⊙形容因為某種原因而突然退步很多。

山產店
最近的生意一落千丈！

警察局
因為隔壁搬來一家新的警察局。
我最近的生意也一落千丈！

開醫院也會生意不好嗎？
診所
新鄰居是棺材店！

出處

多用以比喻一個人失去權勢，環境情況逆轉；或一個人不再求上進，退步很快。

語出韓愈〈聽穎師彈琴〉詩：「躋攀分寸不可上，失勢一落千丈強。」躋，升也。此處本形容琴聲的起落，暗喻宦海的浮沉。

忘了

九霄雲外
⊙喻極高的地方。

放暑假，小朋友都玩瘋了。

把功課拋到九霄雲外去。
同學們！別忘記寫暑假作業！

咦！這個怪物是誰呀？

你們把老師也拋到九霄雲外？

出處

九霄，指天之極高處。形容極為高遠的地方。
語出元・馬致遠《黃粱夢》：「恰便似九霄雲外，滴溜溜飛下一紙赦書來。」

不脛而走
⊙有些事物即使本身沒有腳，也能傳布得非常迅速。
威武
衙

明鏡高懸
開封青天包大人鐵面無私，斷案如神，使得他的名聲不脛而走。

你們再胡鬧，我就去告訴包大人！
這一天，包大人微服出訪，以便探訪民情。
後門
他是誰？

嗯！看起來老百姓是很尊崇我了。
包氏綢布
青天酒樓
包先生茶
純黑的包子，先生你要不要買一點？
黑包子

出處 脛，小腿。劉勰〈新論〉：「玉無翼而飛，珠無脛而走。」勰，音ㄒㄧㄝˊ。
《論語・憲問》：「以杖叩其脛。」《莊子・駢拇》：「是故鳧脛雖短，續之則憂；鶴腳雖長，斷之則悲。」鳧，音ㄈㄨˊ，俗名「野鴨」、「水鴨」。

水ㄕㄨㄟˇ漲ㄓㄤˇ船ㄔㄨㄢˊ高ㄍㄠ
◎隨著地位的提升而行情高漲。

打職棒要靠實力，才會有好的票房。

經常打全壘打，身價自然就會水漲船高。

但是球迷的胃口也會跟著「水漲船高」。

喂！你一定要打到我的面前喲！

喂！我要你三天打一百支全壘打。
練1教

《傳燈錄》：「繼徹云：『水漲船高，泥多佛大。莫將來問，我也無答。』」
《兒女英雄傳》第四十回：「長姐兒更不想到此時水漲船高，不曾吃盡苦中苦，早得修成人上人，一時好不興致，連忙又給太太磕了個頭。」

冰消瓦解

ㄅㄧㄥ ㄒㄧㄠ ㄨㄚˇ ㄐㄧㄝˇ

⊙比喻誤會的消解，如同冰融瓦裂一般。

二位同仁有話好說，別動火氣。

既然老闆為妳說情。
我就饒了妳！
很高興看到二位的誤會冰消瓦解。

可以告訴我剛才為什麼會吵架嗎？
因為她挪用了您所有的錢。

出處

喻事情消逝極快，有如冰融瓦裂。

隋煬帝〈勞楊素手詔〉：「霧廓雲除，冰消瓦解。」《五燈會元》：「圓智偈曰：『兒孫不是無料理，要見冰消瓦解時。』」

事物篇

雨後春筍

⊙比喻事物的滋長，又快又多。

雨(ㄩˇ)後(ㄏㄡˋ)春(ㄔㄨㄣ)筍(ㄙㄨㄣˇ)
⊙比喻事物的滋長，又快又多。

盜版日本漫畫有如「雨後春筍」，日益猖狂。
有圖就盜
有色最好
天下第一盜

政府施鐵腕懲治多如「雨後春筍」的盜版商。

各大企業有如「雨後春筍」般的投資漫畫事業。
台塑漫畫
新東陽漫畫
遠東漫畫
漫畫
統一漫畫
國泰漫畫
新光漫畫

本土漫畫家得到鼓勵，也有如「雨後春筍」般一個一個冒出頭。
M.I.T.

唉！做了一個名叫「雨後春筍」的大夢。

出處

春天是竹筍的盛產期，因春雨的滋潤，使筍子長得更多更快。比喻新的事物大量出現。

語出宋・趙蕃〈過易簡彥從〉詩：「雨後筍怒長，春雨陰暗成。關門有餘暇，散帙不妨清。從仕亦何好？隱居無用名。悠然會心處，便欲寄吾生。」

星火燎原
⊙小小的火苗常會造成大火災，小小的錯失也會釀成大禍。
在野外露營時，要隨時注意安全。
營地

尤其要小心火燭，不要忘了星星之火，足以燎原。
啊！有火！快滅火呀！

笨龜！不可以！那是別人炊事的營火！
咳！咳！小光頭，你把我的乾飯變成稀飯啦！

出處

小火點可以引起燎原大火。比喻小事能釀成大禍，或微小的力量，可以發展成強大的勢力。
《尚書・盤庚》：「若火之燎於原，不可向邇。」
張居正〈答雲南巡撫何萊山論夷情〉：「星星之火，遂成燎原。」

富貴浮雲

⊙比喻對富貴絲毫不看重。

我淡泊名利，視富貴如浮雲。

老闆明天要選繼承人了。

這人選當然就是我！
誰都休想搶！

你剛才不是自稱「富貴浮雲」嗎？

但是這朵觔斗雲怎麼可以放棄！

出處

形容富貴利祿，如浮雲過眼一般，不足看重。

《論語・述而》：「不義而富且貴，於我如浮雲。」意指一個人不重視富貴，而把富貴視為浮雲。

黃粱一夢

⊙表示人的一生非常短暫，榮華富貴只是一場夢幻。

藝術家要保有叛世逆俗的志氣。

附庸風雅只是糟蹋天賦的才華。
金錢名利只不過是黃粱一夢。

藝術大餐一共是五千元！
給我的小狗畫像抵帳！
唉！躲不掉的噩夢。

出處 黃粱，粟類。唐・沈既濟《枕中記》：盧生在旅店裡店主蒸黃粱的時候睡著了。夢中娶妻生子，無限榮華富貴，至老死時而夢醒。醒時黃粱猶未熟。比喻人生之富貴短促無常，勸人勿貪富貴，免得到頭來卻是空幻一場。

滄ㄘㄤ
海ㄏㄞˇ
桑ㄙㄤ
田ㄊㄧㄢˊ
⊙形容時事變化迅速。

這裡原本是一片翠綠的森林。

如今成了擁擠嘈雜的水泥都市。
這裡原本是一頭濃密的黑髮。

如今成了幾根殘毛的禿腦袋瓜。
唉！滄海桑田。
唉！滄海桑田。

出處 用以形容人世的變化極大，沒有永恆不變的事物。葛洪《神仙傳》記載：仙女麻姑年輕美麗，彷彿永遠都只有十八歲。然她曾對仙人王方平言道：「我已看過東海三次變成桑田。」可見其年歲之高，卻能長生不老。

成語字謎 2

烏龍教室

難度 

哇！恭喜你的成語能力又向前邁進了一步，從敖幼祥老師的漫畫裡，是不是發現成語真是充滿智慧和趣味？理解成語的意思也變得輕鬆多了吧！

下頁的表格每四格組成一則成語，共有16組成語，每則缺一個字，請動動腦，把空格填上吧！

下方有提示喔！
床前明月晃

1 手 可得
5 東 西歪
9 海底 撈
13 長 莫及
2 一 千里
6 千 難逢
10 水漲 高
14 亂 糟
3 火 燎原
7 險 環生
11 一 不變
15 富貴 雲
4 滄海 田
8 霄 雲外
12 刃 有餘
16 雨後 筍

提示：

1 形容事物很容易得到。
2 一日能行千里之遠，比喻進步極快或是進展迅速。
3 一點小火，便可燃燒整個草原。
4 大海變為陸地，陸地成為大海，比喻世事無常。
5 形容行走不穩。
6 比喻機會非常難得。
7 危險的狀況一再出現。
8 形容天上極其高遠之處。
9 在大海中尋找一根針，用來比喻東西很難找到或是事情很難做到。
10 水位上漲，船也跟著升高，用在憑藉其他事物而提高本身。
11 事情既定之後，從不改變，形容毫無變化。
12 形容解決問題毫不費力。
13 比喻能力不足。
14 形容零亂無條理。
15 將金錢和權力看得很輕。
16 春筍在雨後長得很快，比喻事物大量出現或是快速發展。

1.唾手可得、2.一日千里、3.星火燎原、4.滄海桑田、5.東倒西歪、6.千載難逢、7.險象環生、8.九霄雲外、9.海底撈針、10.水漲船高、11.一成不變、12.游刃有餘、13.鞭長莫及、14.亂七八糟、15.富貴浮雲、16.雨後春筍

（這些答案都在P.41～70喔！忘記的話快點翻到前面複習一下吧！）

待人篇

親切有禮人際好，廣結善緣好運到。

冷ㄌㄥˇ眼ㄧㄢˇ旁ㄆㄤˊ觀ㄍㄨㄢ
⊙身在事外，冷靜地注意發展而不介入裡面。

大金剛抓了人質登上大廈！
POLICE
TOP

!
我們冷眼旁觀！
帥哥，有兩個賊說你長得像豬八戒。

我們冷眼旁觀！
TOP
金剛加油
救命呀！
哇
吼！
POLICE

出處

冷眼，冷靜之目光。用以表示在一旁冷靜觀察，不參與意見。

語見李玉〈寄短書歌詩〉：「孤臺冷眼無旁人，楚水秦天莽空闊。」唐・徐夤〈上盧三拾遺以言見黜〉詩：「疾危必厭神明藥，心惑多嫌正直言。冷眼靜看真好笑，傾懷與說卻為冤。」

旁ㄆㄤˊ觀ㄍㄨㄢ者ㄓㄜˇ清ㄑㄧㄥ

⊙局外者從旁觀察，比身與其事者更為清楚。

笨龜，你花太多時間在電腦上了！

你應該學我要多多的運動！
旁觀者清，
這是我的忠告！
DON!

旁觀者清，我也給你一個忠告！
你花太多時間運動！應該多讀書！
月考
丙

出處

指在一旁觀看的人心裡非常清楚。

語見曹雪芹《紅樓夢》第五十五回：「俗話說：『旁觀者清。』這幾年姑娘冷眼看著，或有該添該減的去處，二奶奶沒行到，姑娘竟一添減。」

當局者迷，旁觀者清

⊙當事人被問題弄糊塗，旁觀的人卻看得很清楚。

空
你和阿桃的感情必須做個了斷。

當局者迷，旁觀者清。
聽師父的話，斷了吧！
原諒他年少輕狂，想當年你也很風流嘛！

你和夢夢、阿珠、麗華、小燕，還有秀秀、小甜甜、寶寶……
我只是旁觀者清。
唉
大師父要閉關三年。

出處

多用來強調只有置身事外，才能客觀地、清醒地看問題。

語見《舊唐書・元行沖傳》：「當局稱迷，傍（旁）觀見審。」明・呂坤纂《續小兒語》：「自家有過，人說要聽。當局者迷，旁觀者清。」

不關痛癢
⊙不痛不癢，就是沒有什麼感覺。

徒弟愈來愈皮了，你去罵罵他嘛！

不管我怎麼罵，他好像「不關痛癢」。
對付這種原始人要用原始的手段。
餓他三天！

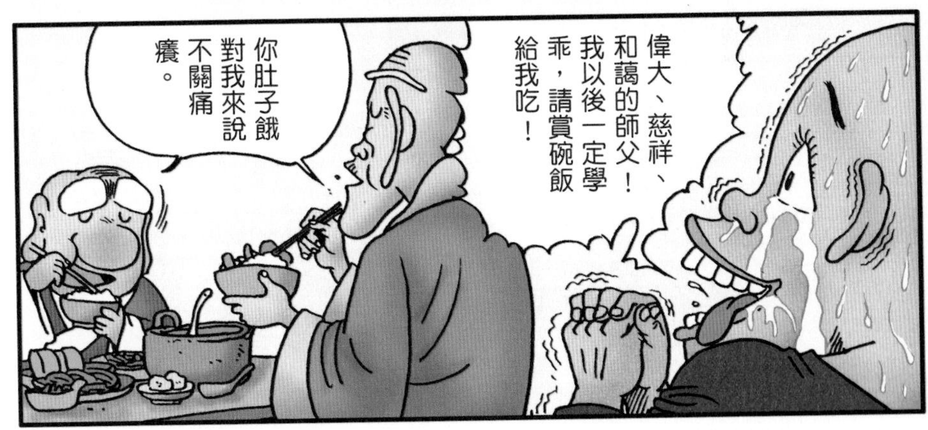
偉大、慈祥、和藹的師父！我以後一定學乖，請賞碗飯給我吃！
你肚子餓對我來說不關痛癢。

出處

用以比喻一件事物的影響至微，引不起作用。亦作「無關痛癢」。
語出《紅樓夢》第八回：「這裡雖還有三兩個婆子，都是不關痛癢的，見李嬤嬤走了，也都悄悄的自尋方便去了。」《兒女英雄傳》第二十六回：「又慮到把你給個不關痛癢的人家兒，丈人絕後不絕後，與那女婿何干？」

各人自掃門前雪，莫管他人瓦上霜

⊙只管自己的事，不要管別人的事。

瓦
搶劫！

捐款給流浪犬蓋個家。
想要我捐錢？
捐
看到沒？我的座右銘！
各人自掃門前雪，莫管他人瓦上霜。
哇！心臟病突發！
捐
謝謝你們的救命之恩。
我的座右銘也更正了！
莫管自家門前雪，先掃他人瓦上霜。

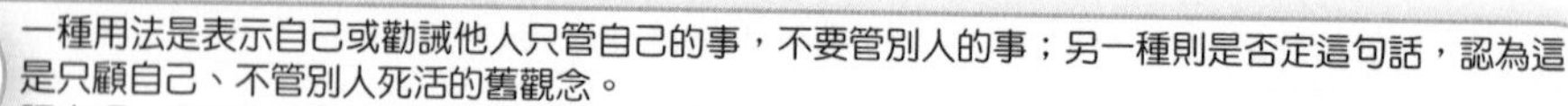

出處

一種用法是表示自己或勸誡他人只管自己的事，不要管別人的事；另一種則是否定這句話，認為這是只顧自己、不管別人死活的舊觀念。

語出明・馮夢龍《警世通言》卷二十四：「王定拜別三官而去。正是各人自掃門前雪，莫管他人瓦上霜。」

束之高閣

ㄕㄨˋ ㄓ ㄍㄠ ㄍㄜˊ

⊙把一個人或一件事物丟在一旁，不去重視。

理想
$

皇上，為何將臣的建言一再束之高閣？
清

唉！太后當權，朕有心無力。
朕要告訴你一個最機密的事。
清

皇上準備革命了嗎？
朕特別為你蓋的。
藏忠高閣
清

出處

用以比喻棄置而不用。今言事情拖延不辦，亦常引用此語。

語出《晉書・庾翼傳》：「京兆杜乂（一丶）、陳郡殷浩並才名冠世，而翼弗之重也，每語人曰：『此輩宜束之高閣，俟天下太平，然後議其任耳。』」俟，ㄙ丶，等待。

袖手旁觀

⊙形容一個人只在旁觀看，不插手管事。

爸爸常說當旁人有難時，絕不可袖手旁觀。

要發揮愛心伸出救援的手。
啊！前面發生車禍啦！
TAXI

人情愈來愈冷漠。
我不能袖手旁觀！
小鬼！我修車干你什麼鳥事！

出處

韓愈〈祭柳子厚文〉：「巧匠旁觀，縮手袖間。」意思是說：真正具有精妙技巧的大匠，卻在旁觀看，把手縮在袖子裡。

隔岸觀火

ㄍㄜˊ ㄢˋ ㄍㄨㄢ ㄏㄨㄛˇ

⊙比喻事情和自己無關，因而毫不關心。

BOON KUTU DOON
發生了什麼事？
隕石掉下來了。

MEOOO!

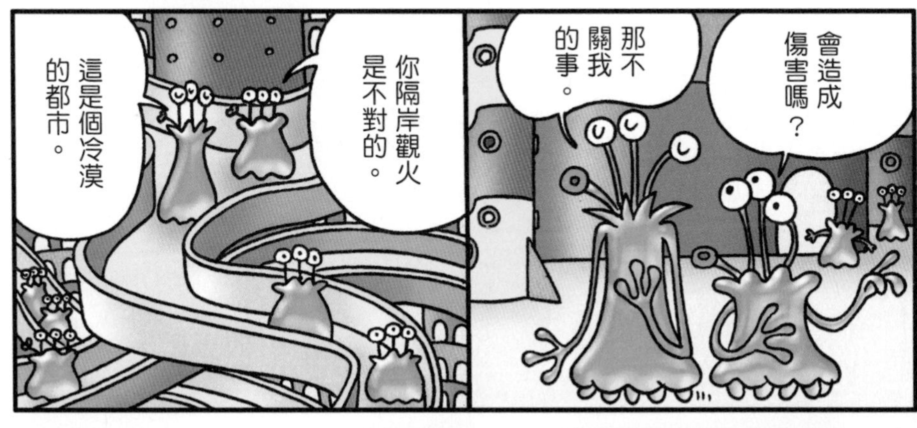

會造成傷害嗎？
那不關我的事。
你隔岸觀火是不對的。
這是個冷漠的都市。

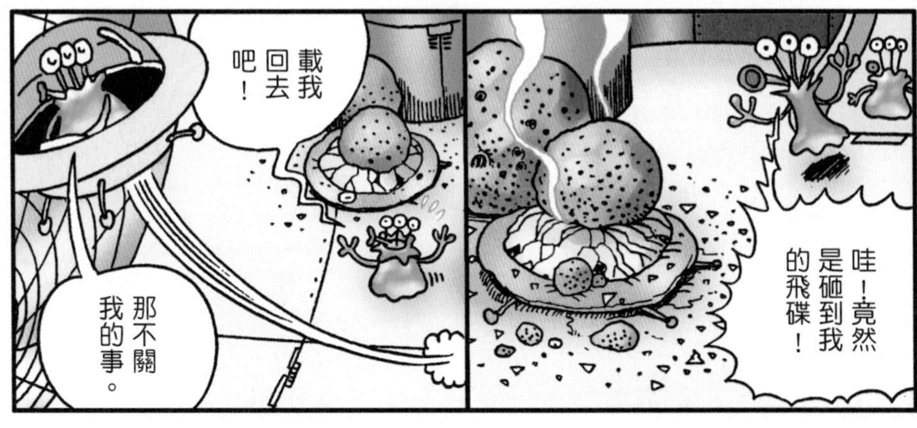

哇！竟然是砸到我的飛碟！
載我回去吧！
那不關我的事。

出處

用以比喻因事不關己而漠不關心。與「袖手旁觀」意義相同。

語出清・梁啟超〈呵旁觀者文〉：「天下最可厭可憎可鄙之人，莫過於旁觀者。旁觀者，如立於東岸，觀西岸之火災，而望其紅光以為樂。」

漠不關心

⊙對人或對事冷淡不關心。

師父只寵愛師弟。
對我都漠不關心。

每天要劈柴。

要煮三餐。

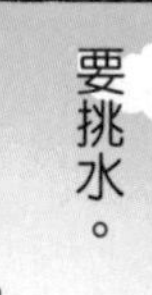
要挑水。

要洗衣……

徒弟！這鍋人參湯給你。
我嗎？
啊！

師父默默的關心我。
為我燉了一鍋人參湯……
～嗚～

吹涼一點端去給你師弟喝。
轟

出處

冷漠不知關心他人。

語出明・朱之瑜〈與岡崎昌純書〉二首之二：「至於一身之榮瘁，祿食之厚薄，則漠不關心，故惟以得行其道為悅。」

一刀(ㄉㄠ)兩(ㄌㄧㄤˇ)斷(ㄉㄨㄢˋ)

⊙比喻堅決地完全與人斷絕關係。

我主張本公司全力投入這個計畫。
投資案
!

不！我認為應該保守些比較好！

我不要和你合夥了！
乾脆就「一刀兩斷」吧！

爸！我們決定要結婚了。
不能「一刀兩斷」，只有「藕斷絲連」了。
女方
男方

出處

《朱子全書・論語》：「克己者是從根源上一刀兩斷，便斬絕了。」意喻堅決斷絕關係。
唐・寒山〈詩〉：「男兒大丈夫，一刀兩段截。人面禽獸心，造作何時歇。」

一丘之貉
ㄑㄧㄡ ㄓ ㄏㄜˊ
⊙比喻壞的同類，物以類聚。
一個偷，一個搶！真是「一丘之貉」。

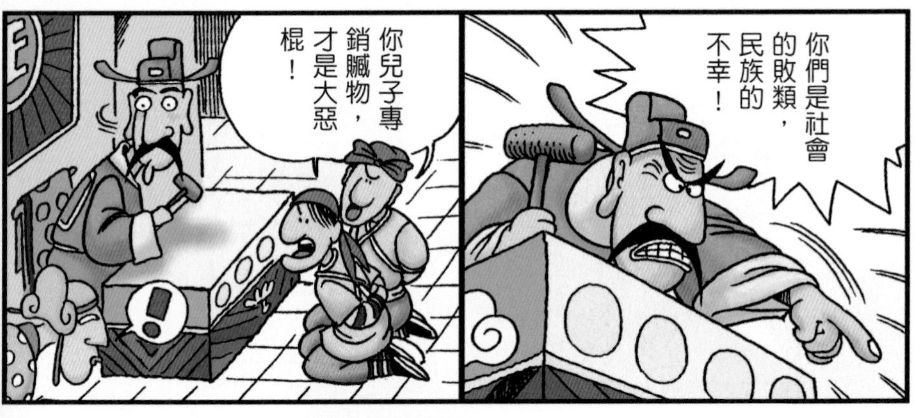
你們是社會的敗類，民族的不幸！
你兒子專銷贓物，才是大惡棍！

你竟然「同流合汙」，也是「一丘之貉」！
爸！你貪汙收賄，豈不是一丘中之老貉！

出處

《漢書・楊惲傳》：「古與今，如一丘之貉。」貉，動物名，俗稱樹貉，形狀像狸，而比狸小，毛黃褐色，深厚而溫滑，可做皮袍。全句比喻臭味相投的人；或形容彼此低劣相等，無所差異。

10000
9000
8000
7000
6000
5000
股市名嘴在風光之時是一呼百諾。
$TV
CTV

一呼ㄏㄨ百ㄅㄞˇ諾ㄋㄨㄛˋ
⊙比喻一個人權勢顯赫，眾人都聽從他的使喚。

××股
這支明牌大家要搶進！
天才
股神
9000
8000
7000
6000
5000
?
…
股市崩盤，名嘴變成冥嘴。

一呼百「NO」！
廢話
白癡
驢蛋

這些地雷股大家要小心喔！

出處

《韓詩外傳》：「智如原泉，行可以為表儀者，人師也；智可以砥礪，行可以為輔檠者，人友也；據法守職，而不敢為非者，人吏也；當前快意，一呼再諾者，人隸也。

語出元・無名氏《舉案齊眉》第二折：「堂上一呼，階下百諾。」諾，答應聲，指一人呼喚，上百人回答。用以形容一個人的權勢顯赫。

八面玲瓏
ㄅㄚ ㄇㄧㄢˋ ㄌㄧㄥˊ ㄌㄨㄥˊ
◎形容對各方面的人都應付得很周到。

錢老闆大慈大悲，米錢再欠一次。
好吧！

趙老闆最好心了，油錢下月再結。
好吧！

要帳的都被胖師父打發走了！
喔！八面玲瓏。

又來了一個！
我們去應付。
真是太客氣啦！
我只是來推銷書的。
帳
瓏

出處

到處應付圓滑周到。玲瓏通常用來比喻人心靈巧透明。
語出馬熙〈閒窗看雨〉詩：「八面玲瓏得月多。」

千里鵝毛
ㄑㄧㄢ ㄌㄧˇ ㄜˊ ㄇㄠˊ
◎禮輕意重的意思。

大師父過生日，收到好多的禮物。

啊！章大人只送了一顆蘋果！
哼！真是小氣！

徒兒，休得無禮，這叫做「禮輕情意濃」。

哇！蔡捕頭的禮物又重又大包！
會是金塊嗎？

是顆石頭！
唉！禮重頭更痛！
友誼堅固

出處

語出宋・歐陽修〈梅聖俞寄銀杏〉詩：「鵝毛贈千里，所重以其人。」邢俊臣〈臨江仙〉詩：「物輕人意重，千里送鵝毛。」蘇軾〈揚州以土物寄少游〉詩：「且同千里寄鵝毛，何用孜孜領麋鹿。」孜孜，音ㄗ，勤勉不息。黃庭堅〈謝陳適用〉詩：「千里鵝毛意不輕。」

不登大雅之堂

◎形容事物粗俗。

畫得真好！
拿去賣給外國人。

盜賣國寶！這種行徑不登大雅之堂！
這些都是仿造的贗品。

盜版更是不登大雅之堂！
PON
你們的長相也不登大雅之堂。
拜託畫帥一點嘛！
8541
8551
8541

出處

不能進入高雅的廳堂。形容人或事物庸俗，也指文藝作品粗劣，大雅的人看不上眼。多用來批評別人的作品，也用來謙稱自己的作品。

語出清・文康《兒女英雄傳》第一回：「這部評話，原是不登大雅之堂的。」

我長大後要叱吒風雲！
我也要叱吒風雲！

叱吒風雲

⊙形容英雄人物擁有足以能左右世局的威勢氣概。

好好笑！女生也想叱吒風雲！
咱們走著瞧！
二十年後──
叱!!
男生成為叱吒風雲的大將軍。

女生也是叱吒風雲的人物。
叱!!
懶豬起床！
今天該你洗碗啦。

出處

叱吒，音ㄔˋ ㄓㄚˋ，有怒斥、呼喝之意。

駱賓王〈代徐敬業討武氏檄〉：「暗嗚則山嶽崩頹，叱吒則風雲變色。」後多以「叱吒風雲」來形容威力龐大，可以左右形勢。

巧言令色
ㄑㄧㄠˇ ㄧㄢˊ ㄌㄧㄥˋ ㄙㄜˋ
⊙形容刻意討好人的言詞與臉色。

先生，您的氣色真好！家庭美滿幸福！

哎呀！您的鑽戒真美！衣料是法國貨吧！

貴公子一臉聖賢相！將來肯定當總統！

啊！錢包忘了帶！

三個癟三想白吃白喝嗎？

哇！翻臉比翻書還快！

出處

令，善也、美好。令色，臉色和善。此語多用以形容虛偽之言語與內容。

《尚書・皋陶謨》：「何畏乎巧言令色孔壬。」

《論語・學而》：「巧言令色，鮮矣仁。」

恭敬不如從命

⊙表示願意依照對方的意思去做。

收下吧！

恭敬不如從命

你去城裡買五包米。

恭敬不如從命。

再去河邊挑六桶水。

恭敬不如從命。

趕快到山上砍柴。

恭敬不如從命。

為什麼你那麼聽師父的話呢？
再囉嗦全部叫你做！
恭敬不如從命！

出處

向對方表現出恭敬的樣子，還不如順從對方的要求。
語出元・王實甫《西廂記》：「先生休作謙，夫人專意等。常言道『恭敬不如從命』，休使得梅香再來請。」

臭味相投
ㄔㄡˋ ㄨㄟˋ ㄒㄧㄤ ㄊㄡˊ
⊙比喻彼此意氣嗜好相投合。

我最愛穿A牌服飾。
我也愛穿！

討厭！居然和她臭味相投。

哼！找一個她一定比不上的東西……

三天沒有洗的襪子！

臭味相投！我的三年沒洗了！

出處

臭味，氣味。相投，互相投合。指彼此有相同的興趣嗜好。

《二十年目睹之怪現狀》第六十九回：「我同他一相識之後，便氣味相投，彼此換了帖，無話不談的。」

推ㄊㄨㄟ三ㄙㄢ阻ㄗㄨˇ四ㄙˋ
◎找藉口理由再三推諉。
快喊救命！
我還沒刷牙。

皮皮，今天你是值日生。

別催嘛！明天再掃地啦！
每次都推三阻四！
他最賴皮了！

哎！哎！哎！
脫臼了！快叫救護車！
別催嘛！明天再叫吧！

出處 言語支支吾吾，藉故推託阻撓。語見元・武漢臣《生金閣》：「衙內云：『我要你渾家與我做個夫人，打甚麼不緊？這等推三阻四的。』」《二十年目睹之怪現狀》第八十九回：「苟才道：『我起意要這樣辦，你卻要推三阻四的，所以我就沒臉說下去了。』」

喧賓奪主

ㄒㄩㄢ ㄅㄧㄣ ㄉㄨㄛˊ ㄓㄨˇ

⊙次要人物的地位、聲勢反而蓋過了主要地位者。

呱呱
呱呱
呱
呱
公雞音樂班

噢!我好快樂!
我是世界上最幸福的女人。

我興奮得心頭小鹿亂亂撞。

我彷彿聽到了天使的祝福。

恭喜妳!祝妳新婚快樂!

我只是伴娘。
喧賓奪主!
新娘

出處

喧，喧騰擾嚷，也可解為顯盛強大。此語應用極廣，舉凡一切人、事、物，原本居於重要主位者，其勢反被居於次要客位者所奪，皆可用此語形容。

語出清・趙翼《廿二史箚記・宋齊梁陳書・宋齊書帶敘法》:「至如〈劉義慶傳〉，因敘義慶好延文士鮑照等，而即敘鮑照，……而其下又重敘義慶之事，以完本傳，遂覺一傳中，義慶事轉少，鮑照事轉多，此未免喧客奪主矣。」

賓至如歸

ㄅㄧㄣ ㄓˋ ㄖㄨˊ ㄍㄨㄟ

⊙形容待客人親切周到，使客人好像回到自己的家中那麼自在安適。

DOG

請用茶！
請吃點心！

洗澡水夠熱嗎？
我給您擦背！
為什麼對他這麼好？

要給客人賓至如歸的印象！
他是來借錢的！
⋯

出處

用以形容待客周道。

語出《左傳・襄公三十一年》：「賓至如歸，無寧菑患，不畏寇盜，而亦不患燥濕。」菑，音ㄗㄞ，與災同。

歡ㄏㄨㄢ喜ㄒㄧˇ冤ㄩㄢ家ㄐㄧㄚ

⊙兩人感情很好，為小事爭執，事後又十分恩愛。

隔壁又在吵架了。

剛新婚難免有些不適應。
床頭吵，床尾和，是一對歡喜冤家。

對於這方面，咱們老倆口可是過來人囉！
可不是嘛！
…

出處

冤家，指兩人感情很好，卻老是吵吵鬧鬧。

元・喬吉〈水仙子・吹笙慣醉碧桃花曲〉：「五百年歡喜冤家，正好星前月下。」元・童童學士〈新水令・折桂令曲〉：「生也因他，死也因他，恩愛人兒，歡喜冤家。」

犬馬之勞

⊙晚輩替長輩服務。

犬ㄑㄩㄢˇ馬ㄇㄚˇ之ㄓ勞ㄌㄠˊ
⊙晚輩替長輩服務。
PLOP
PLOP
PLOP
PLOP

苦練刀術十年，就為了今日的挑戰！

幫為師辦件事。
徒兒願效犬馬之勞。
喂！大鬍子，你過來！

面對我竟然毫無懼色，這烏龍師徒果真功夫高強！
來呀！
我師父問你私下和解要多少錢？

出處

犬馬，是在下位對在上位的謙稱。形容在下位的替在上位的做事，或晚輩替長輩服務。
《三國演義》第二十一回：「公既奉詔討賊，備敢不效犬馬之勞？」

拔刀相助

⊙打抱不平、伸張正義的意思。

給我！給我！
不行！不行！

喂！好個無賴竟敢欺負弱女子！

姑娘放心！有啥事在下一定拔刀相助！

把你的寶劍借我削柳丁吃！

雞婆朋友，你現在知道後果了吧！

出處

《李逵負荊》：「李山兒拔刀相助，老王林父子團圓。」
《水滸傳》第二七九回：「我若路見不平，真乃拔刀相助。」

高ㄍㄠ
抬ㄊㄞˊ
貴ㄍㄨㄟˋ
手ㄕㄡˇ
⊙請求別人的原諒或者寬恕。

蔡捕頭高抬貴手，饒了我！

家有九十高齡老母需要我奉養……
看在你很有孝心，送你回去吧！

媽。
喲！妳有九十歲了嗎？
?
媽！請高抬貴手！
自己做賊還把我也拖下水！

出處

《儒林外史》第六回：「如今只求嚴老爺開恩，高抬貴手，恕過他罷！」用來請求別人的原諒或寬恕之意。

語出宋．邵雍〈謝甯寺丞惠希夷罇〉詩：「仙掌峰巒峭不收，希夷去後遂無儔。能斟時事高抬手，善酌人情略撥頭。」

待人篇
假ㄐㄧㄚˇ以ㄧˇ辭ㄘˊ色ㄙㄜˋ
⊙對待別人特意的和顏悅色。

啟稟大人，孔先生求見。
快快有請！

此人官職一定很高。
大人對他特別假以辭色。
居然還送他厚禮！
難道他是京城密使？

請問大人他是何方神聖？
他……他……他是我孫子的數學老師！
三年八班
包智高

出處

辭，言辭；色，臉色。以和善的言辭和臉色對待別人。形容一個人對待別人特意的和顏悅色，講話也很親善。

語出《西遊記》第四十六回：「這就難了！不比館子裡跑堂的，還可以去上館子，假以辭色，問他底細，這廚子雖上他館子，也看不見的，怎樣打聽呢？」

《聊齋志異‧仙人島》：「明璫與小生有拯命之德，願少假以辭色。」

愛ㄞˋ屋ㄨ及ㄐㄧˊ烏ㄨ

⊙比喻因喜愛某人或物，進而推廣到相關的人和物。

宰了你當沙西米吃！
為什麼？
因為你是日本人。
我們酋長最愛吃日本料理了！

可以把我的腿肉請酋長夫人吃嗎？
為什麼？
勝
因為她長得太像我故鄉的初戀情人啦！
嗯！這也稱得上是愛屋及烏嗎？
成語

出處

愛一個人或一樣東西，會推廣擴大，連和此人此物有關的事物，都一起喜愛。
《尚書・大傳大戰》:「愛人者，兼其屋上之烏。」

慷ㄎㄤˇ慨ㄎㄞˇ解ㄐㄧㄝˇ囊ㄋㄤˊ
⊙形容毫不吝嗇地捐出物品。
愛心捐款！
請您慷慨解囊。
愛心花！
您一定會發大財！
愛心花，您一定會幸福美麗又大方。
哇！一下子就募到這麼多！
喂！狗嘴甜一點嘛！
捐一點嘛！反正妳的肥油那麼多！
笨狗！要你管！

出處

形容非常豪爽大方的在經濟上資助他人。慷慨，豪爽，不吝嗇。解囊，打開錢袋。

語出施耐庵《水滸傳》第五回：「魯智深見李忠、周通不是個慷慨之人，作事慳（ㄑㄧㄢ）吝，只要下山。」

補肝補肺
腦補心補
補胃補眼
我要買一瓶大力丸。

補肝補肺
腦補心補
補胃補眼
大力丸
男性
雄風
補

招ㄓㄠ 搖ㄧㄠˊ 撞ㄓㄨㄤˋ 騙ㄆㄧㄢˋ
⊙用不正當的方法，虛設名義，詐騙錢財。

用維他命冒充補藥，真是一本萬利。
你販賣假藥，沒收所有的金錢。

招搖撞騙的結果，害人又害己。
哇！原來你們也是大騙子！

招搖，虛張聲勢的意思。撞，嚇唬（ㄏㄨˇ）。比喻騙子假借虛設不實的名義，使人上當，或利用不正當的方法，詐騙錢財。

語出《紅樓夢》：賈政聽了，便說道：「我是對得天的，從不敢起這要錢的念頭。只是奴才在外招搖撞騙，鬧出事來我就吃不住了。」眾人道：「如今怕也無益，只好將現在的管家們都嚴嚴的查一查，若有抗主的奴才，查出來嚴嚴的辦一辦。」

招權納賄

⊙追求權勢，收受賄款。形容為人不清廉。

縣官招權納賄，做任何事都要紅包。

這種昏官豈可容他魚肉鄉民。
就由本大俠來為鄉親除害吧！

辦這種事我需要五百萬行動費。
不要臉！你也敢招權納賄！

出處

賄，以財物私相授受。納賄，受賄。用以形容奸邪之人招攬權勢，接受賄賂。

《荀子‧仲尼》：「招權於下，以妨害人，雖欲無危，得乎哉。」

《北史‧樊子蓋傳》：「臣安能清止是，小心不敢納賄耳。」蓋，「蓋」之本字。

狐假虎威
ㄏㄨˊ ㄐㄧㄚˇ ㄏㄨˇ ㄨㄟ
⊙比喻仗勢欺人，靠著別人撐腰而作惡。

把你當晚餐！
不能吃我呀！我是神派來掌管百獸的！

胡說！我才是森林之王！
你不信就跟在我後面看大家怕不怕我！

大家都躲開了！
因為他們都怕我呀！
你別狐假虎威了！牠們是怕我的獵槍！

出處　《太平御覽・人事部・詭詐》：虎求百獸而食之，得狐。狐曰：「子無敢食我也。天帝使我長百獸，今子食我，是逆天帝也。子以我言不信，吾為子先行，子隨我後，觀百獸之見我不走乎？」虎以為然，故遂與之行，獸見之皆走。虎不知獸之畏己而走，以為畏狐也。

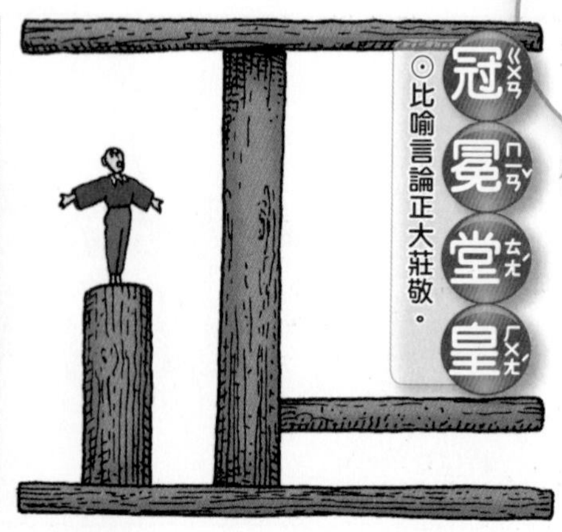
冠冕堂皇
⊙比喻言論正大莊敬。

我要進軍歌壇成為偶像天王！

哼！
說話不要那麼冠冕堂皇！

像我這樣才能成為超級國際巨星！

你們說話都太冠冕堂皇啦！

快去找工作，不要做白日夢！

出處

冠冕，古代帝王或大官們戴的禮帽。堂皇，莊嚴體面很有氣派。形容表面上富麗堂皇，派頭十足。多含有諷刺意味。

語出《兒女英雄傳》第二十二回：「便該合我家常瑣屑，無所不談，怎麼倒一派冠冕堂皇？」

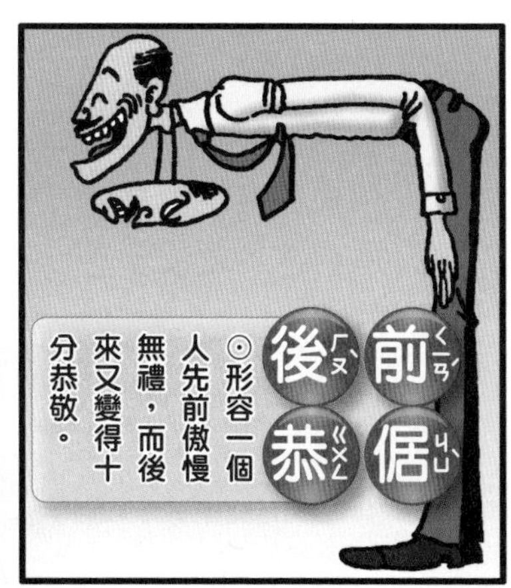
前ㄑㄧㄢˊ倨ㄐㄩˋ後ㄏㄡˋ恭ㄍㄨㄥ
⊙形容一個人先前傲慢無禮，而後來又變得十分恭敬。

你做事不用大腦嗎？簡直比豬還笨！

啊！董事長！原來他是您的表弟！
竟敢罵我表弟是豬，你想失業嗎？

老公！你對我表哥有意見嗎？
我…我是誇讚他罵得真好！

出處

《戰國策・秦策》：「嫂蛇行匍伏，四拜自跪而謝。蘇秦曰：『嫂，何前倨而後卑也？』」
《史記・蘇秦傳》：「何前倨而後恭也。」倨，不恭敬，傲慢的意思。

黑貓說你在他面前罵我是笨瓜。

挑ㄊㄧㄠˇ撥ㄅㄛ
離ㄌㄧˊ間ㄐㄧㄢˋ
⊙以不正當的言行製造是非，使兩人彼此不再信任。

天哪！他分明是在挑撥離間。
他太壞了！怎麼可以破壞我倆的友誼呢？

我怎麼可能罵我最好的朋友是笨瓜呢？

我只不過說你呆得像顆蛋罷了！

出處

《後村詩話》：李昪（音ㄅㄧㄢˋ）為徐溫義子，年九歲，詠燈詩：「主人若也勤挑撥，敢向尊前不盡心。」徐不復常兒待之。《三國志・吳志諸葛瑾傳》：「離間人骨肉。」

肥球，妳說好今天要還我漫畫書的。

食言而肥
ㄕˊ ㄧㄢˊ ㄦˊ ㄈㄟˊ
⊙指責人說話不算數，不能兌現。

是今天嗎？
對呀！妳昨天自己說的嘛！
我昨天有說過嗎？
喂！妳連自己說的話都會忘記？

太過分了！像妳這樣簡直就是「食言而肥」！
我不是食「鹽」而肥，我是食「糖」而肥的。

出處

《書經・湯誓》：「爾無不信，朕不食言。」
《左傳・哀公二十五年》：「孟武伯惡郭重曰：『何肥也？』公曰：『是食言多矣，能無肥乎？』」
喻諷刺人言而無信。

假ㄐㄧㄚˇ公ㄍㄨㄥ濟ㄐㄧˋ私ㄙ

⊙利用公家的名義來為自己謀得利益。

利

你竟敢挪用公款去炒股票！

這種假公濟私的行為是違法的！
但是……
把你賺的一半分給我，就不檢舉你。

東窗事發啦！
被上司查到了！
只要賺的三分之二給我，就放你們一馬。

出處

假，借。濟，助。用於指責某些人利用公家的名義或力量來為自己謀得利益。

「假公濟私」原作「託公報私」。語出《漢書・杜周傳》：其春，丞相方進薨，業上書言：「方進……專作威福，阿黨所厚，排擠英俊，託公報私，橫厲無所畏忌，欲以熏轑天下。」

掛羊頭賣狗肉

⊙用好的名義做幌子，實際上做壞事。

奉獻

參藥行
藥行
這家藥房有在賣禁藥。

客棧
這家客棧有做色情交易。
喔！全都是掛羊頭賣狗肉。
哼！
就是嘛！

你明明知道為何不報警？
啊！
我？
我……

因為我的羊肉鋪賣的都是狗肉。

出處

比喻用好的名義做幌子，推銷惡劣的貨色。

語出《續景德傳燈錄》卷三十一：「掛羊頭，賣狗肉，知它有甚憑據？」

欺世盜名 ㄑㄧ ㄕˋ ㄉㄠˋ ㄇㄧㄥˊ

⊙表裡不一，欺騙社會，而獲得好名聲。

清廉
忠
正義

我是熱心公益的大慈善家。

兒童節去孤兒院送糖果。

養老院
重陽節給老人送加菜金。

今天沒有記者採訪嗎？
為善不欲人知嘛！
沒有人報導，我白作秀嗎？
養老院
「欺世盜名」的偽善人！

出處

語見《荀子・不苟》：「是姦人將以盜名於晻世者也。」晻，ㄧㄢˇ，蒙蔽。蘇洵〈辨姦論〉：「王衍之為人，容貌言語，固有足以欺世而盜名者。」用以指責一個人欺騙世人，竊取好名聲。

答非所問
⊙不正面回答問題或是胡亂回答。
幾點了？
昨天沒有吃包子。
乙星人
甲星人

茜茜，妳是不是很喜歡皮皮？

啊！這隻青蛙好可愛！
答非所問。

同學都說妳在暗戀皮皮！

哼！答不出來了吧！

這條蛇好可愛噢！
答非所問。

回答的並不是問題的內容。形容人有意避開問題或不明白他人的提問，而做出文不對題的回答。語出曹雪芹《紅樓夢》第八十五回：「襲人見他所答非所問，便微微的笑著問：『到底是什麼事？』」

虛與委蛇
⊙假意用隨和依順的態度應付。

把錢交出來！
否則你就完蛋！

別急！我立刻請人拿錢來！
你想虛與委蛇隨便敷衍我嗎？

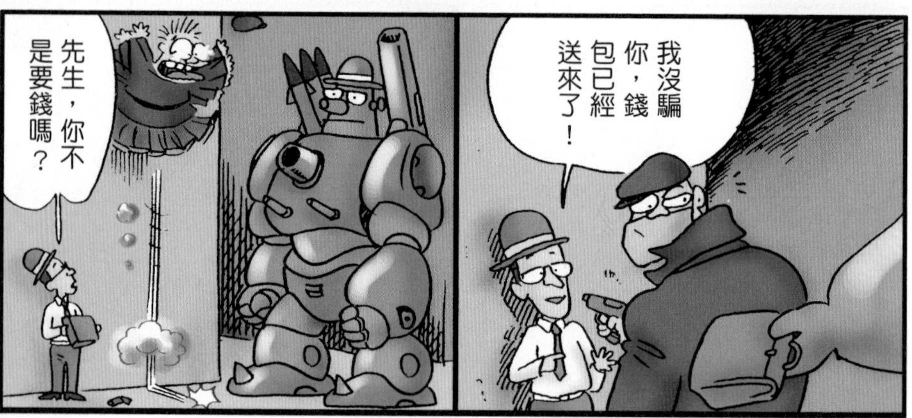
我沒騙你，錢包已經送來了！
先生，你不是要錢嗎？

出處

《莊子．應帝王》：壺子曰：「鄉吾示之以未始出吾宗，吾與之虛而委蛇。」意指無心而隨物化。成玄英疏：「至人應物，虛己忘懷，隨順逗機，不執宗本。」委蛇，隨順的樣子。

成語字謎 3

難度 ☆☆☆

呵～你現在是不是覺得對成語的用法愈來愈有自信了？奠立良好的基礎之後，很多知識都可以觸類旁通、自在運用的，要繼續加油喔！

下頁的表格裡，共有11組成語缺字填空，快來動動腦，把空格補上喔！

下方有提示喔！
天

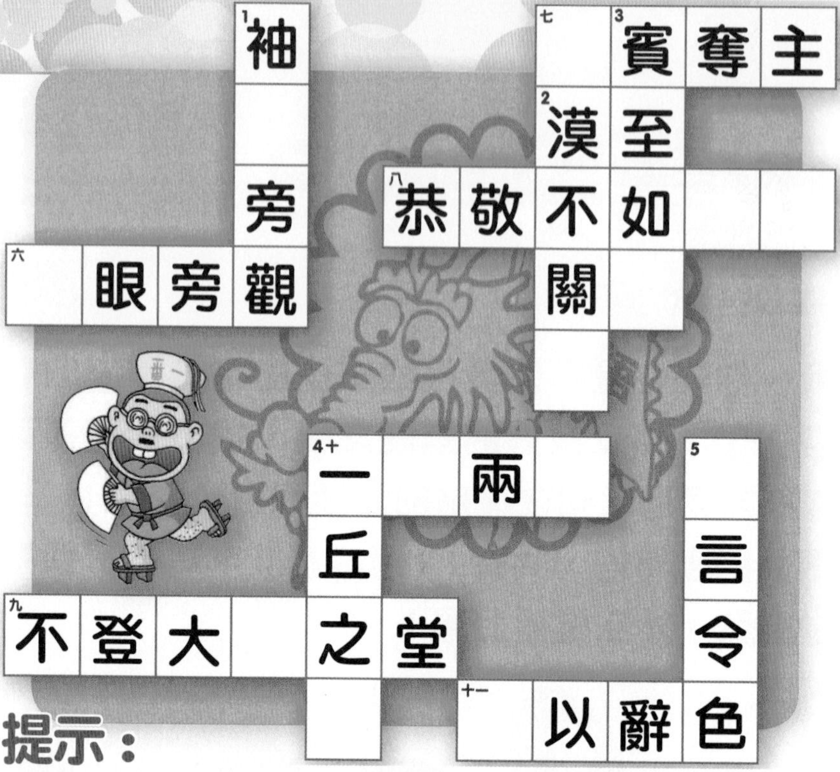

			1袖				七	3賓	奪	主
							2漠	至		
			旁		八恭	敬	不	如		
六	眼	旁	觀				關			
				4十一		兩			5	
				丘					言	
九不	登	大		之	堂				令	
						十一	以	辭	色	

提示：

1 把手縮在袖子裡，在旁觀看。形容置身事外。

2 比喻冷淡漠視，不加關心。

3 主人招待周到，使客人好像回到自己的家裡般舒適。

4 來自同一山丘上的野獸。比喻一樣低劣。

5 話說得很動聽，臉色裝得和善，卻一點也不誠懇。用來形容人虛偽。

六 形容用冷靜眼光在旁觀察，比喻一點都不關心。

七 賓客占了主人的位置，形容反客為主。

八 不好意思違背對方的好意，只好接受。

九 比喻粗俗低級的事物。

十 一刀將物品砍斷為二，形容堅決斷絕關係。

十一 指好言好語、和顏悅色來對待。

答案：1.袖手旁觀、2.漠不關心、3.賓至如歸、4.一丘之貉、5.巧言令色、6.冷眼旁觀、7.喧賓奪主、8.恭敬不如命、9.不登大雅之堂、10.一刀兩斷、11.假以辭色

（這些答案都在P.74～114喔！忘記的話快點翻到前面複習一下吧！）

陽ㄧㄤˊ奉ㄈㄥˋ陰ㄧㄣ違ㄨㄟˊ
⊙待人處事的態度虛偽敷衍。

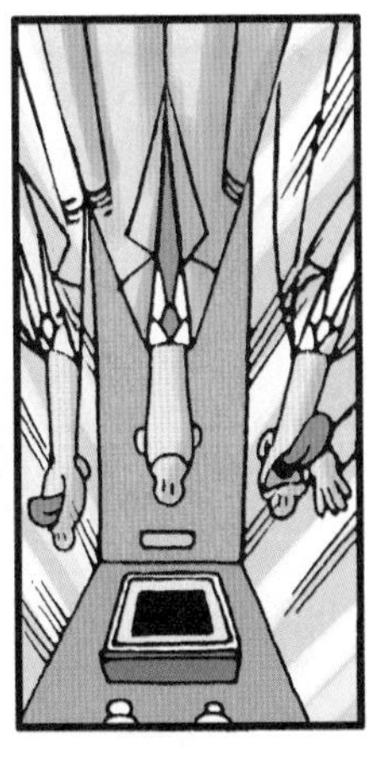

政府規定開車一定要繫安全帶。
AOTO

但是大家都陽奉陰違。
看到警察取締才趕緊繫上。

像您這樣真是模範的好駕駛。
哇！原來你也是陽奉陰違！

出處

陽奉，指表面上遵從；陰違，指私底下違背。表示待人處事的態度，虛偽敷衍，尤其指下級的人對上級的人。

語出明・范景文〈革大戶行召募疏〉：「如有日與胥徒比而陽奉陰違，名去實存者，斷以白簡隨其後。」

裝ㄓㄨㄤ模ㄇㄛˊ作ㄗㄨㄛˋ樣ㄧㄤˋ

⊙故作姿態，只是假裝，不是出於真心。

昨天不小心摔破皮了。

哎呀！好可憐！
我幫妳揉揉。
!
假惺惺！
裝模作樣的！

啊！你怎麼啦？
今天被飛機撞到。
沒關係！龜殼很耐撞！
什麼態度嘛！
不會假裝安慰一下嗎？

出處

故作姿態的樣子。模、樣：都是姿態的意思。
語出《荊釵記傳奇》：「裝模作樣，惱吾氣滿胸膛。」《醒世姻緣傳》第二十八回：「他也裝模作樣，坐在門口。」

道貌岸然
⊙形容人正經嚴肅的面貌。

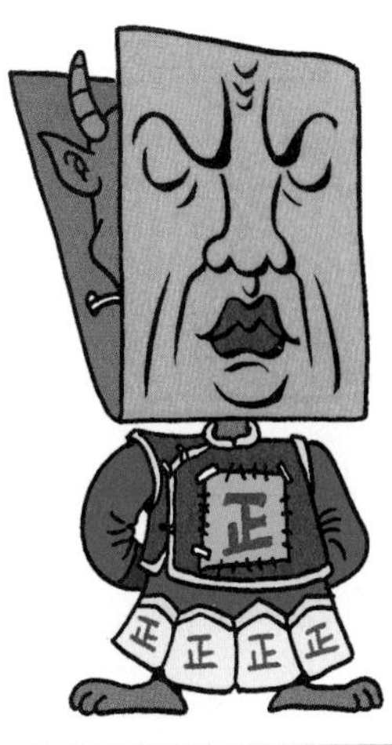

正
正正正正

啊！師父來了！

一副道貌岸然的樣子。

喔！大師父來啦！
桃花島

一副道貌岸然的樣子。

出處

道貌，很有學識修養的樣子。岸然，高大的樣子。形容人的道學修養極高或面貌莊重。現多用來諷刺假道學的人。

語出《聊齋誌異・成仙》：「黃巾氅服，岸然道貌。」

過ㄍㄨㄛˋ河ㄏㄜˊ拆ㄔㄞ橋ㄑㄧㄠˊ
⊙比喻人忘恩負義，不念舊情。

教授！新轉來的阿達是個「過河拆橋」的傢伙！

你們和新同學應該和睦相處，怎麼鬧得不愉快呢？
可是……
他真的是一個過河拆橋的傢伙！

亂用成語指責別人是很不禮貌的！
我要回家了！
喂！你怎麼可以過河拆橋呢？

出處　《元史・史徹里帖木兒傳》：治書御史普化誚有壬曰：「參政可謂過河拆橋者矣！」《紅樓夢》第二十一回：「沒良心的！過了河兒就拆橋。」《官場現形記》第十七回：「現在的人，總是過橋拆橋，轉過臉就不認得人的，等到你有事去請教他，他又跳到架子上去了。」

圖謀不軌
ㄊㄨˊ ㄇㄡˊ ㄅㄨˋ ㄍㄨㄟˇ
⊙計畫做出違法亂紀、不利於他人的行為。

我想走私犀牛角，狠狠的撈一票！

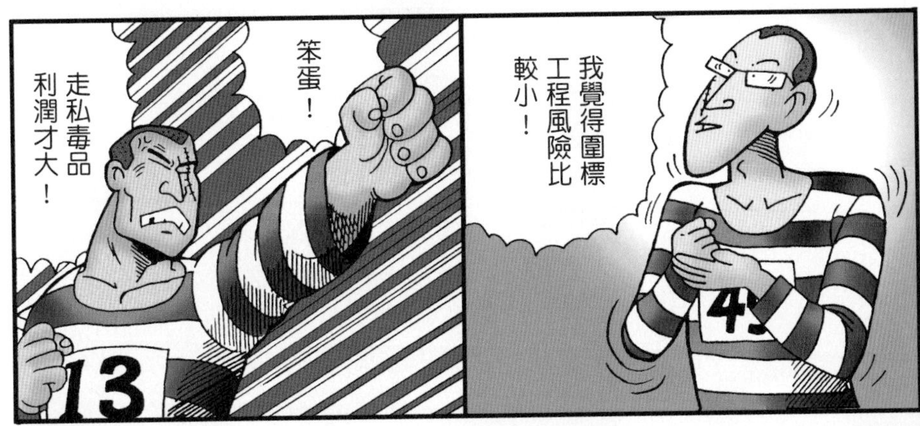
我覺得圍標工程風險比較小！
笨蛋！
走私毒品利潤才大！

不如賣軍火！
搞賭場！
搶銀行！
綁肉票！
死囚牢
熄燈睡覺！還想圖謀不軌嗎？

出處

圖謀，計畫安排。不軌，不循法度，胡亂作為。形容計畫做出違法亂紀、不利於他人，甚至國家、社會的行為。
語出《隋書・文四子傳・庶人秀傳》：「苞藏凶慝，圖謀不軌，逆臣之跡也。」

醉翁之意不在酒

⊙比喻別有用心。

我敬你！
乾杯！

醉翁之意不在酒。
我要你的寶劍！
大俠請留步！
喝杯醒酒茶吧！

醉翁之意不在酒。
兩把寶劍都是我的！
一次抓到三個賊。

出處

語出宋・歐陽修〈醉翁亭記〉:「太守與客來飲於此，飲少輒醉，而年又最高，故自號曰醉翁也。醉翁之意不在酒，在乎山水之間也。」用以比喻其本意不在此，而在別的方面。

矯揉造作 ㄐㄧㄠˇ ㄖㄡˊ ㄗㄠˋ ㄗㄨㄛˋ

⊙蓄意作態，有意如此做。

喔～可憐的小花…

這個新歌手太矯揉造作。
嘿！大牌歌星來啦！
噢！
真的耶！

妳是我們的太陽！我們崇拜妳！
唉！可憐的小狗矯揉造作。

出處

矯，使曲者變直。揉，使直者變曲。矯揉引申為故意作態。形容一個人的行為態度故意做作，極不自然。

《紅樓夢》第五十一回：「黛玉忙攔道：『這寶姐姐也忒（ㄊㄜˋ）膠柱鼓瑟，矯揉造作了。』」

趨ㄑㄩ 炎ㄧㄢˊ 附ㄈㄨˋ 勢ㄕˋ

⊙指責一個人喜歡拍馬屁、依附有權勢的人。

皇軍大爺，小的願為您出賣情報。

你這趨炎附勢的漢奸！
送你們下地獄去吧！
哇!!

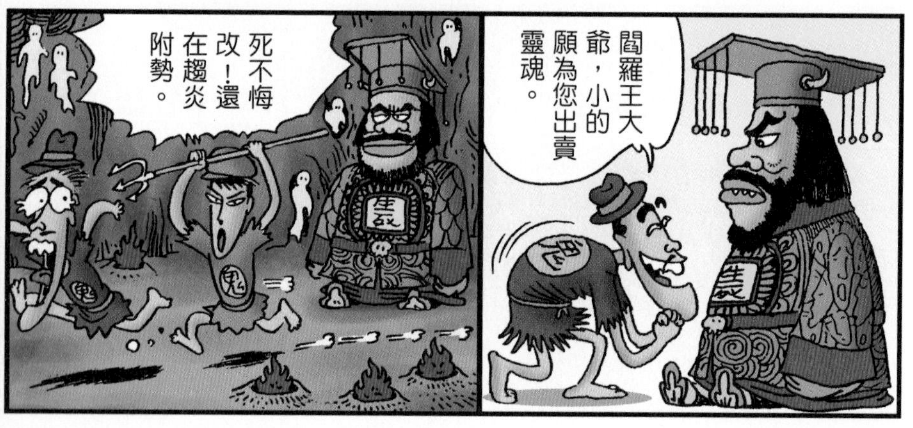
閻羅王大爺，小的願為您出賣靈魂。
死不悔改！還在趨炎附勢。

出處

《宋史・李垂傳》：「焉能趨炎附勢，看人眉睫！以冀推輓乎？」用來指責一個人喜歡拍馬屁，依附有權勢地位的人。

善ㄕㄢˋ於ㄩˊ獵ㄌㄧㄝˋ豔ㄧㄢˋ
⊙形容一個人善於獵取女色。
啾
啾
燕
你看我捉到的燕子。

哇！師兄真是「善於獵燕」。
獵豔？竟敢觸犯色戒嗎？

您誤會啦！這是燕子的「燕」，不是那個「豔」！
虐待動物，罰你掃一個月的廁所！

出處

語出明・楊慎〈星回之夕夢一美丈夫〉詩：「鴻裁誰獵豔，空自拾江蘺。」

攀ㄆㄢ龍ㄌㄨㄥˊ附ㄈㄨˋ鳳ㄈㄥˋ

⊙比喻依靠有權有勢的人，以便獲得利益。

部長，晚上我請吃海鮮，順便談談生意。
不必了。

我最瞧不起這種攀龍附鳳的人了。
他如此鞠躬哈腰，
完全是為了要承包您的工程。

所以我絕不會把工程交給他去做。
部長，晚上我請吃牛排，順便談談生意。

出處

攀，依附。本義是說：進隨英明之主，建立功業。後引申比喻依附有權位勢力的人，以求升官發財，出人頭地。

語出《世說新語・排調》：「而猶以文采可觀，意思詳敘，攀龍附鳳，並登天府。」

癡人說夢

⊙形容一個人傻傻地，往往把夢幻的事想像成事實。

若能將課本都變成電玩有多好！
國文
化學
數學
英文

我一定二十四小時的用功努力！
我一定考全世界第一名！
書讀不好就找藉口！簡直是癡人說夢！
MAMA!

人類因為有夢想才偉大的嘛！
我也因為你的夢想而火大！
英文
數學

出處　《五燈會元》二十道行禪師：「佛說三乘十二分頓漸偏圓，癡人前不得說夢。」本指不能對癡人說夢，恐其信以為真。後用以指妄談荒誕不實之事。

譁ㄏㄨㄚ 眾ㄓㄨㄥˋ 取ㄑㄩˇ 寵ㄔㄨㄥˇ

⊙形容一個人故意在眾人面前賣弄才能來獲得別人的注意。

哇！他好壯！
結實得像隻熊。
哇！壯丁！
哇！
你「譁眾取寵」會被師父罵的！

哇！偶像！
拜託啦！不要向師父告狀！

譁，喧鬧。用以形容賣弄才能以取悅大眾。
語出《漢書・藝文志》：「苟以譁眾取寵，後進循之，是以五經乖析，儒學寖衰。」寖，漸也。

馬ㄇㄚˇ 露ㄌㄡˋ 腳ㄐㄧㄠˇ 出ㄔㄨ
⊙比喻隱情洩露。
注意！
現在我要把花變不見！
不見了！
我變！
我變！
我變變變！
帥呀！
好厲害！
是魔術耶！
露出馬腳啦！
我對花粉過敏！
哈啾！

出處

把馬腳露了出來，比喻露出真相。

語出元．無名氏《陳州糶（ㄊㄧㄠˋ）米》三折：「這老兒不好惹，動不動就先斬後問，這一來則怕我們露出馬腳來了。」

轟動武林！驚動萬教！
我刀魔天下無敵唯我獨尊！

日本帝國

待人篇

不可一世

⊙驕傲狂妄到極點，覺得世上只有他最好。

……
……
呸！瞧你一副不可一世的樣子！

您也別一副不可一世的樣子嘛！
不煮給你吃！
拜託啦！
牛肉麵
五百里獨家

不屑與一般人並世而立。用以形容一個人驕傲自大，自以為高人一等，所以目空一切，目中無人。此語多含諷刺之意。

語出宋・羅大經《鶴林玉露》：「王荊公少年，不可一世士，獨懷刺候濂溪，三及門而三辭焉。」

不識泰山

ㄅㄨˋ ㄕˋ ㄊㄞˋ ㄕㄢ

⊙初見面，卻不知其為權威之人。

關公面前賣大刀。
一把五萬。
不識泰山。

供春面前賣砂壺。
一把五萬。
不識泰山。

孔明面前賣兵法。
一套五萬。
不識泰山。

泰山面前賣泰山。
一本五萬。
不識泰山。
泰山寫真集

推銷員面前賣推銷書。
一本五百。
不識泰山。
老鳥
推銷入門
菜鳥

出處

泰山，位於山東省泰安縣北，是大陸的名山之一，此處藉以比喻大人物。常用在冒犯或得罪他人之後，向對方賠不是的客氣話。

語見施耐庵《水滸傳》第二回：「師父如此高強，必是個教頭，小兒有眼不識泰山。」

目（ㄇㄨˋ）空（ㄎㄨㄥ）一（ㄧ）切（ㄑㄧㄝˋ）

⊙形容狂妄自負，任何東西都不看在眼裡。

我是國際賽馬冠軍！

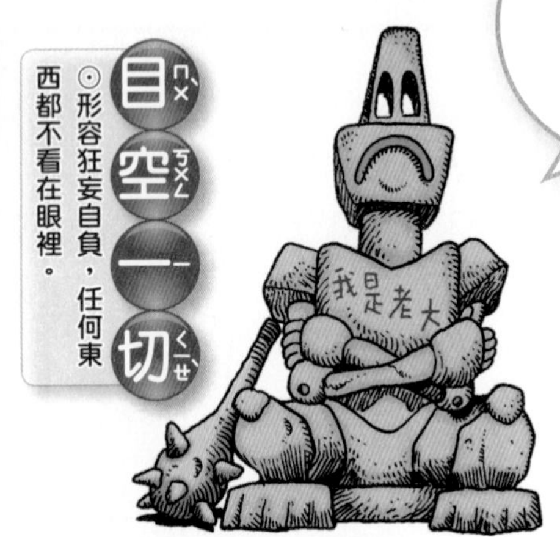
我是老大

有人說我目空一切！
那分明是在忌妒我！
像我這樣又帥又厲害。
全世界誰能與我比！

喂！全是你一個人的功勞嗎？
我才是第一名賽馬。
拜託馬爺，別目空一切。

出處

一切都不放在眼裡。形容極端驕傲自大。
語出李汝珍《鏡花緣》第五十二回：「但他恃著自己學問，目空一切，每每把人不放在眼內。」

夜郎自大

⊙譏諷一個人沒有自知之明，以為自己很了不起。

我征服了宇宙！

我是素描高手！
精確度比照片還準！

夜郎自大！你敢和我比畫跳蚤嗎？
向我挑戰？
我畫的像影印一樣的準！

畫好了！
才三秒鐘就完成了？
I ♥ COMIC
跳蚤就是這樣的！
你看過那麼大的嗎？

出處

此語用以譏諷人妄自尊大。
據《漢書・西南夷傳》記載：滇王問漢使者：「漢朝與我國，誰的領土較大？」待漢使者到了夜郎國，夜郎國的國君也如此問他。事實上，這兩個國家都只有漢帝國的一州之大而已。

哇！好炫的跑車！

哼！

待人篇
狗ㄍㄡˇ眼ㄧㄢˇ看ㄎㄢˋ人ㄖㄣˊ低ㄉㄧ
◎譏責一個人隨意輕視別人。

不要亂摸！妳賠不起的！
cofe
神氣什麼？
狗眼看人低！
BooLoom

Guu R
PON
撞車了！
老兄，這才叫做狗眼看人「低」。

出處

用以比喻為人勢利，看不起別人。與「有眼無珠」、「門縫裡瞧人」意思相近。

恃才傲物

⊙形容一個人仗著自己有才華就擺出傲慢無禮的樣子。

我是網球冠軍，能載我是你的榮幸。
TAXI

哼！一臉恃才傲物的臭德性。
TAXI
哎呀！爆胎啦！

快點換胎吧！
我急著要趕去比賽。
TAXI
我是補胎冠軍，現在沒心情補。
求求您別恃才傲物嘛！

出處

物，指人。傲物，對待人之態度驕傲。用以指稱人有才氣但不謙虛，目空一切。

語出《梁書・蕭子恪列傳》：子顯性凝簡，頗負其才氣。及掌選，見九流賓客，不與交言，但舉扇一撝而已，衣冠竊恨之。……及葬請諡，手詔：「恃才傲物，宜諡曰驕。」

險危
剛愎自用
ㄍㄤ ㄅㄧˋ ㄗˋ ㄩㄥˋ
⊙固執己見，不接受別人的勸告。

把造軍艦的錢拿來蓋圓明園。

洋人正在侵略大清，太后應以國事為重。
有好的花園，我才有心情問政嘛！

太后您這就太剛愎自用了！
小李子你有何高見？
請白蓮教來扶清滅洋！
那我就能蓋花園囉！
兩個都是SHIT

出處

剛愎，固執、倔強。自用，自以為是。形容固執己見，不肯聽取別人的意見。
語出《左傳・宣公十二年》：「其佐先穀，剛愎不仁，未肯用命。」

這家的有錢富婆獨居在豪門巨宅。

高ㄍㄠ不ㄅㄨˋ可ㄎㄜˇ攀ㄆㄢ
⊙用來表示對方的身分高貴，很難交往。

她為人「高不可攀」所以還嫁不出去。
愛情是不分身分地位的。

她沒見過多情男子。
我決定去追求她！
天哪！真是高不可攀。

出處

表示對方的身分高貴，不容易與之交往。

《花月痕》：「讀書做人都到那高不可攀的地位，除了我們，怕就沒人賞識他了。」

張ㄓㄤ 牙ㄧㄚˊ 舞ㄨˇ 爪ㄓㄠˇ

⊙猛獸發威，姿態兇惡的樣子。

吼!

老虎張牙舞爪的樣子好可怕！

別怕！武松來也！

感謝搭救，請英雄喝酒！

哇！人類喝醉張牙舞爪的樣子！

比老虎還可怕！

出處

本形容野獸發怒的樣子。也常用來形容惡人依靠權勢欺壓別人。

語見《初刻拍案驚奇》：「有一等做公子的，倚靠著父兄勢力，張牙舞爪，詐害鄉民。」又張憲雙〈龍圖詩〉：「張吻啖阿香，舞爪擎天吳；轟霆時或取旱魃，飛雨自足蘇焦枯。」

眼ㄧㄢˇ高ㄍㄠ手ㄕㄡˇ低ㄉㄧ
⊙說得頭頭是道，真要做時，都做得不高明。

我要在這個暑假寫完一本偉大的創作。

這部偉大的創作將會使我聞名於世。
當我聞名於世時，我一定不會忘記妳的。

唔！暑假的「暑」怎麼寫？
眼高手低，先把國語學好再說吧！

出處 清・陳確〈與吳仲木書〉：「譬操觚家一味研窮體理；不輕下筆；終是眼高手生；鮮能入彀。」謂工於品評而拙於創作。也稱「眼高手生」。

嗤之以鼻
⊙輕視他人、事、物的態度。
勤能補拙
哼！

這是史上最威猛的坦克車。

火力強，速度快，它所向無敵！
哼！
你太誇張了吧！

你對我的心血嗤之以鼻！
有什麼東西可以阻止它？
沒有這個，它就是塊大廢鐵！
汽油

出處

嗤，輕視嘲笑。指不屑用言語，或張開口笑，只讓笑聲由鼻中出來。多用以形容輕視瞧不起的樣子。

語出《後漢書・樊宏傳》：「時人嗤之。」

咻嗚～

甘拜下風

⊙對別人表示佩服認輸，而不願與之對抗。

鼻孔冠軍

你溜得真快！
我甘拜下風。
我才是輪鞋冠軍！

少吹牛了！
你的速度比他慢。
我的輪子比他多一倍！
喔！甘拜下風！

出處

情願認輸的意思。甘，甘願、情願。下風，風的下方，用來比喻輸。

語見《左傳・僖公十五年》：「群臣敢在下風。」李汝珍《鏡花緣》五十二回：「真是家學淵源，妹子甘拜下風。」

拳拳服膺

⊙將一個道理放在內心，並且加以實行。

千萬要記住，創意是漫畫的生命。

大師的教誨，弟子拳拳服膺。
你畫的是什麼？狗不像狗，人不像人！

畫讀者想像不到的才有意思嘛！
所言甚是！我拳拳服膺！你來當大師吧！
免哭！

出處

拳拳，誠懇的樣子。膺，胸部。服膺，內心服從，且謹慎牢記。此語可用以形容一個人對某一道理謹記於心，並加以實行。

語出《禮記・中庸》：「得一善，則拳拳服膺而弗失之矣。」

疾言厲色

⊙生氣的時候，聲音急切，表情嚴厲的樣子。

盜墓賊！

傷天害理！國法難容！
蔡捕頭疾言厲色！
壞人都嚇呆了！

三更半夜，請小聲一點！
奇怪！我又沒有疾言厲色。
老公，你好帥！

出處

言語非常急切，臉色極為嚴厲。

《官場現形記》第五十四回：「那梅大老爺的臉色已經平和了許多，就是問話的聲音也不像先前之疾言厲色了。」

動ㄉㄨㄥˋ輒ㄓㄜˊ得ㄉㄜˊ咎ㄐㄧㄡˋ

⊙一舉一動都會招來責怪的困窘地步。

我的青春是悲慘的！是黑暗的！是乾扁的！

大師兄！你怎麼了？
燒得太甜要被罵，燒得太鹹也被罵！

這樣動輒得咎，師父也太嚴厲了。

你是煮什麼東西被整得這麼慘？

燒開水。

出處

唐・韓愈〈進學解〉：「跋前躓後，動輒得咎。」走前走後，都會跌倒。形容一個人無論怎麼做都會惹人嫌、討人厭，處在一舉一動都會招來責怪的困窘地步。

騎ㄑㄧˊ虎ㄏㄨˇ
難ㄋㄢˊ下ㄒㄧㄚˋ

騎虎難下

⊙比喻一個人事情已做到一半，形勢已經造成，想罷手停止卻不能。

我訂了一部電腦，卻付不出頭款！

騎虎難下的滋味真難受。

這種小場面有什麼好憂慮的！

今天考試考一半，小抄飄到老師腳邊！

虎口下的青春！

出處

用以比喻欲罷不能，進退維谷。

語出《隋書・獨孤皇后傳》：「當周宣帝崩，高祖入居禁中，總百揆。后使人謂高祖曰：『大事已然，騎虎之勢不得下，勉之。』」

責（ㄗㄜˊ）無（ㄨˊ）旁（ㄆㄤˊ）貸（ㄉㄞˋ）

⊙表示一個人做事有責任心，勇於負責。

保家衛國是軍人責無旁貸的天職。

指導學生是老師責無旁貸的事。
維護治安是警察責無旁貸的工作。

哈哈哈只有我的工作不必「責無旁貸」！
你的職業是什麼？
小弟是責毒品的。
你要買一包嗎？

貸，推讓給人。全句是說，自己應盡的責任絕不會推卸給別人。

出處 語出清．林則徐《林文忠公奏稿．奏稿七．稽查防範回空漕糧船摺》：「漕運總督約束水手，是其專責，其漕船經過地方各督撫，亦屬責無旁貸，著不分畛域，一體通飭所屬，於漕船回空加意稽查，小心防範，毋稍鬆懈。」

傾ㄑㄧㄥ囊ㄋㄤˊ倒ㄉㄠˋ篋ㄑㄧㄝˋ
◎形容把自己所有的全給了別人。
DOG

孤兒院
妳這樣傾囊倒篋的樂捐有什麼好處？

莫因善小而不為。
只是盡己之力幫助需要幫助的人。
妳為善不欲人知的想法和我一樣！

妳也常常捐款給慈善機構？
過期的餅乾糖果傾囊倒篋的送嘛！
我告妳！

出處

囊、篋均為裝物所用的袋與箱。本意是說把囊篋翻倒，將內所盛之物全部取出。比喻送人財物時，盡其所有。亦可形容傳授技藝時，毫無隱藏，全部授予。與「傾筐倒篋」、「傾囊相授」義同。

當仁不讓
ㄉㄤ ㄖㄣˊ ㄅㄨˋ ㄖㄤˋ
⊙應該做的就擔當起來，用不著推讓。

冬瓜，我們決定選你當隊長。
?

冬瓜，這項榮譽非你莫屬。
請你一定要接受。
既然你們這麼誠懇，
我就當仁不讓了。

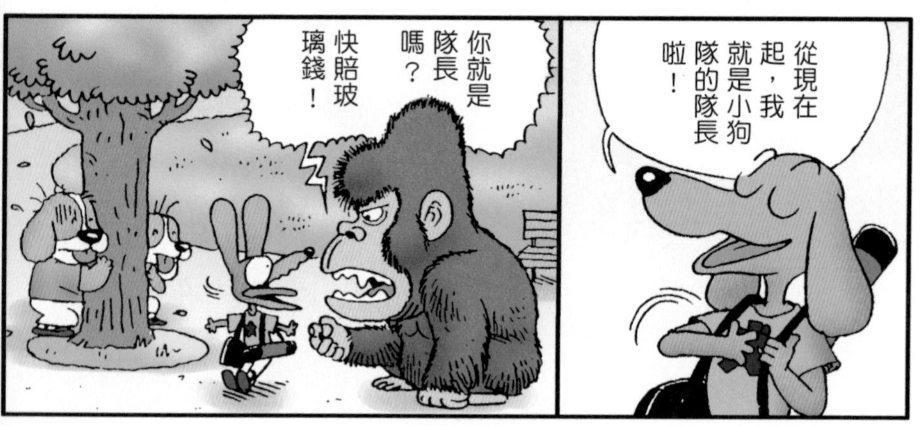
從現在起，我就是小狗隊的隊長啦！
你就是隊長嗎？
快賠玻璃錢！

出處

常用以形容人勇於任事，急公好義。可自稱，亦可稱人。亦可引申用以表示對美善之名能承受得起，而不加推辭。

語出《論語・衛靈公》:「當仁，不讓於師。」讓，謙讓、禮讓。

體貼入微
⊙待人很好，連小事也極周到。
來杯飲料吧！

多穿些衣服，別著涼了。

多吃點水果對健康有益。
吃完飯我帶你去逛百貨公司。

您的媳婦對您真是體貼入微呀！
你錯啦！剛才那些話是對她兒子說的。

體貼，是指會替別人著想之意。入微，就是深入到很細微的地方。用來表示一個人很會替人著想，連細微的小節都很周到。
語出《二十年目睹之怪現狀》第三十八回：「我笑道這可謂體貼入微了！」

不成體統
ㄅㄨˋ ㄔㄥˊ ㄊㄧˇ ㄊㄨㄥˇ
⊙比喻所做所為不合乎禮教常軌。
你的衛生習慣要向他看齊。

他每次上完廁所都會洗手。
我看到師兄剛才沒洗手！

為什麼改變了你良好的衛生習慣？
因為……
因為……
因為我今天剛好有帶衛生紙。

出處

體統，事體和成規。謂所做所為不合一般事體和成見。
語出《三國演義》第十三回：「刻印不及，以錐畫之，全不成體統。」《紅樓夢》第十九回：「這是他的屋子，由著你們蹧蹋，越不成體統。」

不念舊惡

不ㄅㄨˋ念ㄋㄧㄢˋ舊ㄐㄧㄡˋ惡ㄜˋ
⊙寬宏大度，不計較別人曾犯的過錯。
我不怪你！

皮皮，對不起！
把你的遙控車弄壞了！
！

弄壞就算啦!!
我不會怪你的！
噢！
你不念舊惡，真是好心！

因為我把你的腳踏車弄丟了！
我的舊惡比你的值錢！

出處

《論語・公冶長》：「子曰：『伯夷・叔齊，不念舊惡，怨是用希。』」舊，以往的。惡，指仇怨。

《三國志・魏書・武帝紀》：「矯情任算，不念舊惡，終能總御皇機，克成洪業者，惟其明略最優也。」

我不小心把你的愛車撞壞了。

毋存芥蒂
ㄨˊ ㄘㄨㄣˊ ㄐㄧㄝˋ ㄉㄧˋ
⊙希望不要有不愉快的事放在心上。
沒有關係

沒有關係。
我們之間剛好扯平。

毋存芥蒂，我們還是好朋友。

因為我剛才去你家忘了關瓦斯。
毋存芥蒂，希望以後還是好朋友。

出處

毋，不。芥蒂，比喻心中梗塞不快意。毋存芥蒂，指奉勸人不要心中存有成見，影響與他人的關係。語出宋・蘇軾〈送路都曹〉詩：「恨無乖崖老，一洗芥蒂胸。」
《初刻拍案驚奇》卷二十一：「古來有多少王公大人天子宰相，在塵埃中屠沽下賤起的，大丈夫正不可以此芥蒂。」

胖師父半夜來廚房做什麼？
滿
!

以小人之心 度君子之腹
⊙用卑劣的心去猜測品行高尚的人。

一定是來偷吃包子的吧！
我…
別亂講！
以小人之心，度君子之腹。

是大師父派我來巡視的。
滿
你別胡說！
我可沒有叫你來喔！

出處

用以斥責自己或批評他人不該用卑劣的想法來推測正派人的心思。度，揣測，推測。
語見《左傳・昭公二十八年》：「願以小人之腹，為君子之心。」
明・馮夢龍《醒世恆言・錢秀才錯占鳳凰儔》：「誰知顏俊以小人之心，度君子之腹。」

以牙還牙

⊙比喻冤冤相報，無所假借。

POW
POW

我是來報仇的。
小恩怨何苦冤冤相報？

這叫以牙還牙！
你好狠！我做鬼也不會放過你！

哇！真的變成厲鬼啦！

哼！要死大家一起死。
哇！

喂！我要報仇！
天哪！你到底有完沒完？

出處

《舊約‧出埃及記》第二十二章：「若有別害，就要以命償命，以眼還眼，以牙還牙，以手還手，以腳還腳。」

《新約‧馬太福音》第五章：「你們聽見有話說，以眼還眼，以牙還牙。」

息ㄒㄧˊ事ㄕˋ寧ㄋㄧㄥˊ人ㄖㄣˊ
⊙讓爭執的兩方化解爭端，彼此安寧無事。

你會不會開車？
是你先違規！

別衝動！
小擦撞沒什麼大礙。
大家讓一步，交通會更順暢。

喂！多事佬，去照顧你自己的車吧！
!
慘了！
被拖吊啦！
POLICE

出處

《後漢書・章帝紀》：「冀以息事寧人，敬奉天氣。」意謂一個人希望將紛爭的事平息掉，使得大家都不受到紛擾。

討ㄊㄠˇ價ㄐㄧㄚˋ還ㄏㄨㄢˊ價ㄐㄧㄚˋ

⊙比喻彼此爭論條件。

十元
九元
售
哇！六千元罰款！拜託打個折吧！

對不起！不能討價還價。
6000
哎喲！牙疼得去看牙醫。
察 警

哇！一萬二千元！拜託打個折吧！
12000
對不起！我也從不討價還價。
齒科
12000

出處

喻彼此談判時爭論條件也。

語出《喻世明言・蔣興哥重會珍珠衫》：「三巧兒問了他討價還價，便道：『真個虧你些兒。』」

你再說我的頭像洋蔥，我就打扁你！
蘿蔔頭國民小學

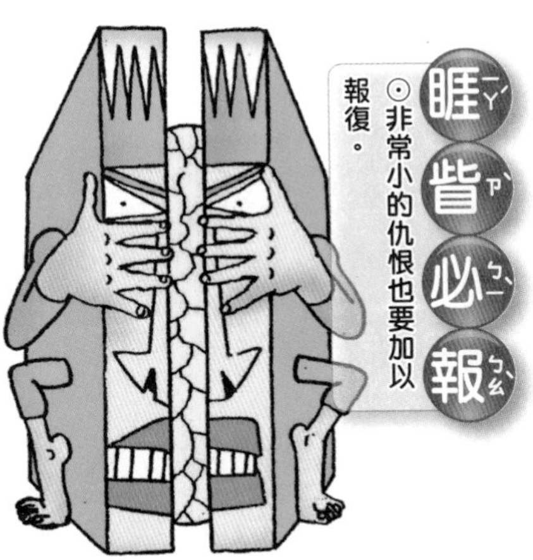
睚ㄧㄚˊ眥ㄗˋ必ㄅㄧˋ報ㄅㄠˋ
⊙非常小的仇恨也要加以報復。

大家都是同學，何必睚眥必報呢？
你的意思是說我的心胸不夠寬大嗎？

他說你的頭像顆笨地瓜，你服氣嗎？
我要打扁你！
何必睚眥必報呢？

出處

睚眥，瞪著眼睛恨視。表示極小的仇恨也要加以報復。
語出《史記・范雎傳》：「一飯之德必償，睚眥之怨必報。」

成語字謎 4

烏龍教室

難度 ☆☆

嗨！看到這裡，有沒有覺得學成語簡直是「不費吹灰之力」呢？運用成語也逐漸變得「游刃有餘」啊？語文能力的進步果然是感覺得到的。

下頁的表格每四格組成一則成語，共有16組成語，每則缺一個字，請動動腦，把空格填上吧！

下方有提示喔！

1 圖		5 責	無	9 騎		13	龍
不	軌	旁		難	下	附	鳳
2 過	河	6 當		10	郎	14 不	可
拆		不	讓	自	大	一	
3	高	7 以	牙	11 體	貼	15 裝	模
手	低		牙	入		作	
4 高	不	8 息	事	12 癡	人	16 陽	奉
可			人	說		陰	

提示：

1 規劃不守法度的事情。
2 渡河後就把橋拆掉。比喻忘恩負義。
3 比喻要求標準高，但是執行能力低。
4 形容人高高在上，他人難以親近。
5 分內該做的事情，不能夠交給他人代為處理。
6 指遇到應該做的事情，主動承擔而不推辭。
7 用對方的手段來回擊對方。
8 形容平息紛爭，讓大家相安無事。
9 比喻迫於情勢，事情無法中止，只好繼續做。
10 形容人很狂妄。
11 指對於人的照顧到非常細微的程度。
12 比喻做不到或是妄想。
13 巴結有權勢的人，以求晉升。
14 指人很自大，目空一切。
15 故意做作，不是出於自然的表現。
16 表面遵守，私下裡卻違背。

案：1.圖謀不軌、2.過河拆橋、3.眼高手低、4.高不可攀、5.責無旁貸、6.當仁不讓、7.以牙還牙、8.息事寧人、
騎虎難下、10.夜郎自大、11.體貼入微、12.癡人說夢、13.攀龍附鳳、14.不可一世、15.裝模作樣、16.陽奉陰違
這些答案都在P.117～157喔！忘記的話快點翻到前面複習一下吧！）

政治篇

為政清明好公僕，選賢與能是民福。

鐵腕
蔡
除惡

不在其位，不謀其政

⊙不在其職位上，就不要越權去參與其職位上的事。

我認為對付犯罪要用重罰。

我不是司法官。

不在其位，不謀其政。

啊！錢包被偷了！

可惡的扒手！

抓到要關一百年。

喂！你剛剛才說不在其位，不謀其政。

大膽的扒手

不處在某個職位上，就不去謀劃與它有關的事務。
語出《論語・泰伯》：「子曰：『不在其位，不謀其政。』」

牝雞司晨

⊙比喻超越身分而掌管非分之事。

我建議校園要多一些遊戲設施。

牝雞司晨，那是校長的事！
可是我覺得在學校好無聊。

我建議你先把功課做好再說吧！
牝雞司晨，養鴨蛋是我的事。

出處

母雞代替公雞啼明。牝，禽獸的雌性。指女性掌權，也比喻越職行事。

語出《尚書・牧誓》：「牝雞無晨，牝晨之晨，惟家之索。」《新唐書・長孫皇后傳》：「牝雞司晨，家之窮也，可乎？」

人為刀俎 我為魚肉

人(ㄖㄣˊ)為(ㄨㄟˊ)刀(ㄉㄠ)俎(ㄗㄨˇ)
我(ㄨㄛˇ)為(ㄨㄟˊ)魚(ㄩˊ)肉(ㄖㄡˋ)

⊙人家掌握生殺大權，自己處於被宰割的地位。

殺
二呆地瓜湯
又在打仗了！

人為刀俎，
我為魚肉。
二呆地瓜湯
喂！
這裡在作戰！
二呆地瓜湯

為什麼叫「二呆地瓜湯」？
帥
二呆地瓜湯
因為有兩個呆瓜在我的地瓜田上打仗！
二呆地瓜湯

出處

說明別人操有生殺大權，自己則處於被宰割的地位。
語出《史記・項羽本紀》：「如今人方為刀俎，我為魚肉。」

人間地獄

⊙形容一個非常淒慘痛苦的環境，如同地獄一般。

戰爭把世界變成人間地獄。

沒有食物。
沒有飲水。
沒有電燈。
沒有電話。

沒有考卷！
沒有書包！
沒有作業簿！
劇本上沒有這些台詞！
有感而發嘛！
舞台劇 人間地獄

出處

用以形容一個非常黑暗、惡劣、淒慘的環境，簡直和地獄差不多。與「人間天堂」為相反詞。

不識時務
ㄅㄨˋ ㄕˋ ㄕˊ ㄨˋ
⊙用來批評、諷刺一個人不能應時機做該做的事。

三錢銀樓
把錢交出來！

還有你的！
可是…
不識時務！當心腦袋搬家！

搶匪跑了！快去報警！
不必慌！
那是一包炸藥！
啊!!
你也是搶匪!!
砰！！

出處 時務，當時的要務。此語可用以諷喻一個人不能應時機做該做的事；也可用以暗喻一個人行事有骨氣，不趨炎附勢，須視上下文語氣而定。語出《後漢書・張霸傳》：「時皇后兄弟虎賁中郎將鄧騭，當朝貴盛，聞霸名行，欲與為文，霸逡巡不答，眾人笑其不識時務。」

內憂外患

⊙國內爭奪不安，同時又有外力侵略。

東城的守軍叛變啦！
哎呀！
探馬

金兵鐵騎打過來啦!!
哇呀
唉！內憂外患！
害得我心力交瘁。

父王辛苦，我給您捶背
嗯！
兒子真孝順！
您何時才下台讓位給我？

出處

比喻面臨內部的動亂和來自外在的侵擾。

語出《管子・戒》：「居外捨而不鼎饋，非有內憂，必有外患。」又《國語・晉語六》：「詎非聖人，不有外患，必有內憂。」

木已成舟

⊙比喻事情已成定局，無法挽回。

你未經我的授權就出版我的著作！
SLAM

書都印好了，木已成舟，請通融一下吧！
妳未經我的同意就翻譯我的原作！
TUMPF!

書都翻譯好了，木已成舟，請高抬貴手吧！
木已成舟！你們到監牢裡去反省吧！
法庭

出處

樹木已經砍伐下來做成了船。比喻事情已成定局，無法再挽回。

語出《野叟曝言》第九回：「水夫人不覺慘然，沉吟了一會，說道：『據你說來，則木已成舟，實難挽回了！』」

百廢俱興

ㄅㄞˇ ㄈㄟˋ ㄐㄩˋ ㄒㄧㄥ

⊙許多被廢置的事情都興辦起來。

地震過後滿目瘡痍。

你們為什麼不上課？
教室被震垮了！

大家發揮愛心！

新教室完工了！
百廢俱興。
咳！你們的功課也該開始百廢俱興。
傷腦筋。
數學 3分
語文 2分
自然 4分

出處

指過去廢弛的政事，都已經一一興辦。

語出范仲淹〈岳陽樓記〉：「慶曆四年春，滕子京謫守巴陵郡，越明年。政通人和，百廢俱興。」也作「百廢俱舉」或「百廢悉舉」。

兵連禍結

ㄅㄧㄥ ㄌㄧㄢˊ ㄏㄨㄛˋ ㄐㄧㄝˊ

⊙形容戰爭連年，災禍不斷。

野心家
我國屢遭外國侵略，兵連禍結。

朕一直在想如何振興國力。
懇請皇上習武，不要再玩女紅了。

我刺繡也是和軍事有關係的。
你瞧！
我縫製的軍裝多有個性。

出處

兵，指戰爭。

語出《漢書・匈奴傳》：「兵連禍結三十餘年。」指連年兵亂，災禍頻仍。

岌岌可危

⊙形容情勢危急，若不採取行動，後果不可收拾。

招財進寶
債
公司財務發生危機，情況岌岌可危。

倒閉
所有心血都成了泡影。
唉！身心俱疲，跳樓自殺算了！

對呀！可以開發高樓逃生器材。
岌岌可危
看到這四個字，能刺激我的上進心。

出處

岌岌，危險貌。全句用以形容局勢的危急，和「危如累卵」的語意相近。
《孟子・萬章上》：「天下殆哉，岌岌乎。」
《韓非子・忠孝》：「危哉！天下岌岌！」

波詭雲譎

ㄅㄛ ㄍㄨㄟˇ ㄩㄣˊ ㄐㄩㄝˊ

⊙形容形勢波瀾起伏，變化不定。

面對波詭雲譎的形勢，我需要處變不驚！

三筒星戰艦攻占衛星啦！

靜觀之。

三條星飛彈濫炸平民區！

莊敬自強！

你好像不把人民生命當一回事嘛！

你敢批評我！

波詭雲譎的獨裁者！

出處

詭譎，變化不定。形容事態物象變動無常，有如波瀾起伏，浮雲變化。
語出揚雄〈甘泉賦〉：「於是大廈雲譎波詭，摧嗺而成觀。」摧嗺，林木叢聚的樣子。嗺，ㄗㄨㄟ。

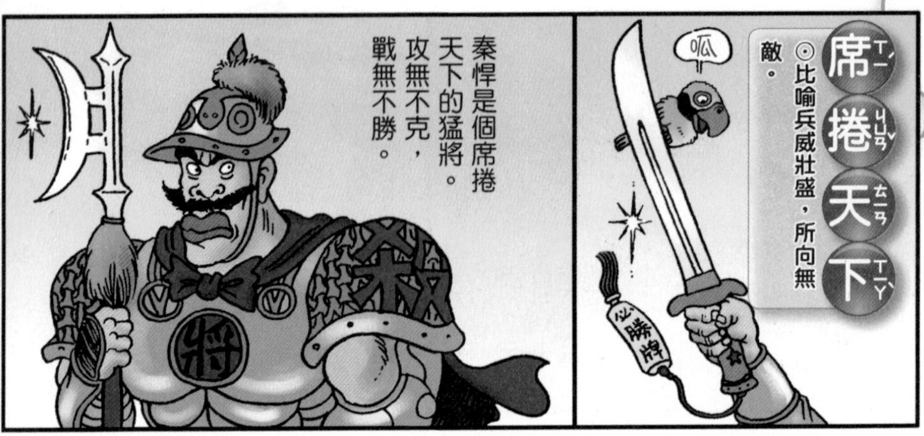
席卷天下
◎比喻兵威壯盛，所向無敵。
呱
必勝牌
秦悍是個席捲天下的猛將。攻無不克，戰無不勝。

喝酒喊拳也一樣有席捲天下的氣魄。
六六順啦!!
啊

打牌賭錢更是席捲天下，唯我獨尊。
莊家自摸清一色！

就連睡覺時也是席捲天下。
Z Z Z

死鬼！棉被別全都捲過去啦！

出處

賈誼〈過秦論〉：「有席卷天下，包舉宇內，囊括四海之意，並吞八荒之心。」卷，同「捲」。

《戰國策・楚策》：「雖無出兵甲，席卷常山之險，折天下之脊，天下之後服者先亡。」

烏煙瘴氣

⊙形容空氣汙濁或是混亂惡劣的環境。

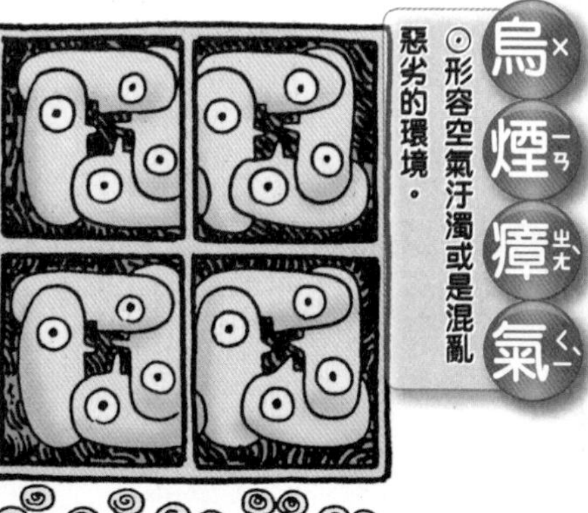

車上吸煙把空氣弄得烏煙瘴氣。

受不了就不要呼吸！
空氣又不是妳家做的。
就是有你們這種人渣，社會才變得烏煙瘴氣！

烏賊女超人變身！
請你們燻個過癮！
公共汽車

出處

瘴氣，極熱之地，山林間濕熱蒸鬱之毒氣。引申為凡不潔淨、於人體有害之氣皆稱瘴氣。用以比喻氣氛惡劣，人事極不和諧。

語出《兒女英雄傳》第二十一回：「問話的又正是海馬周三，烏煙瘴氣這班人。」

豺ㄔㄞˊ狼ㄌㄤˊ當ㄉㄤ道ㄉㄠˋ
⊙比喻奸邪的惡人占有重要地位，掌握大權。

當今朝政腐敗，豺狼當道……

就是嘛！
尤其是奸詐的宰相，仗勢欺人！
阿彌陀佛。
您能認清時局，還真是位好官。

這是什麼爛官？
我交了五千兩的紅包，他只賣個稅吏給我！
他是豺狼，你是蟑螂！

出處

《漢書・孫寶傳》：「豺狼橫道，不宜復問狐狸。」殘暴兇狠的豺狼，正橫行在道路上，不應該又向狡詐的狐狸問路。比喻奸邪的惡人正占有重要的地位，掌握大權。

強幹弱枝

⊙一個團體中，領導者很強，但部屬卻非常弱。

我是青龍幫老大，想要獨霸武林。

每次遇到火拼，全靠我獨撐大局。
可惜我的手下太遜，真是強幹弱枝。

原來你也有強幹弱枝的苦惱。
唉！當老大真辛苦。
啊！

出處

比喻強化根本主權力量，削弱分歧的勢力。幹，比喻中央或主管；枝，比喻地方或部屬。形容一個團體中，領導者很強，但部屬能力弱，不足以配合。

語出《三國演義》第二十二回：「幕府惟強幹弱枝之義，且不登叛人之黨，故復援旌擐甲，席卷起征。」

暗(ㄢˋ)無(ㄨˊ)天(ㄊㄧㄢ)日(ㄖˋ)

⊙形容地方很黑暗。比喻沒有正義、公理。

魔君暴虐，百姓的生活暗無天日。

打倒暴政！重見天日！
我們要建設現代化的國家。
新建電場

國庫早已透支，沒有半毛錢的經費！
還是過著暗無天日的生活。

出處

此語的本意是形容一個地方非常黑暗。今亦由天空的黯淡無光，引申用以比喻人間一片黑暗，沒有正義公理可言。

語出《聊齋志異・鴉頭》：「妾幽室之中，暗無天日，鞭創裂膚，饑火煎心，易一晨昏，如歷年歲！」

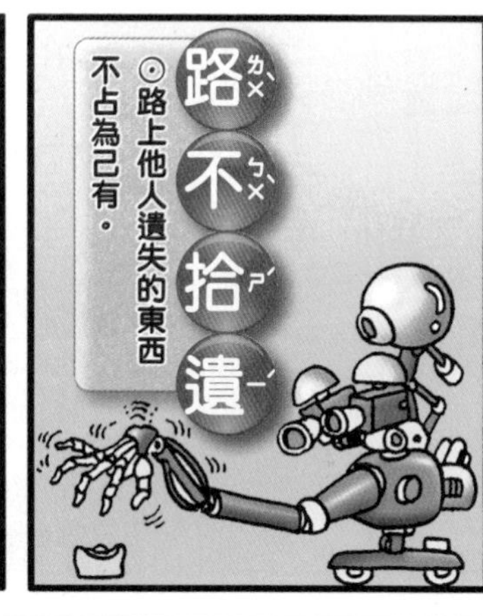
路不拾遺
ㄌㄨˋ ㄅㄨˋ ㄕˊ ㄧˊ
⊙路上他人遺失的東西不占為己有。

咚！

喂！
你們的東西掉啦！

謝謝！妳真是一位路不拾遺的好學生。
你們亂丟垃圾，地球人會笑我們髒的！

出處

路人看見道路上的失物而不會據為己有。可用以形容社會風氣良好。
《十八史略‧唐太宗》：「數年之後，路不拾遺，商旅野宿焉。」
《三國演義》第八十七回：「兩川之民，忻樂太平，夜不閉戶，路不拾遺。」

滿ㄇㄢˇ目ㄇㄨˋ瘡ㄔㄨㄤ痍ㄧˊ
⊙用來描述遭受破壞的淒慘情景。
雨

唉呀！太淒慘了！
滿目瘡痍！

又沒有地震！
怎麼會滿目瘡痍？
也沒有颱風！
怎麼會滿目瘡痍？

是什麼造成了滿目瘡痍？
青春中的痘子臉。

出處

瘡痍，創傷，又喻民生凋敝。用以形容戰爭或水旱重大災害造成破壞損傷後的淒涼情景。亦作「瘡痍滿目」。

語出《清史稿・王騭傳》：「且四川禍變相踵，荒煙百里。臣當年運糧行間，滿目瘡痍。」

覆巢無完卵
ㄈㄨˋ ㄔㄠˊ ㄨˊ ㄨㄢˊ ㄌㄨㄢˇ
☉比喻國家亡了，人民也不能免於災難。
這條防線一定要守住。
是！元帥！
勇
帥
萬一被擊破，國家就要滅亡了！
不得了啦！
終於破啦！
兵
防線被破了！
覆巢無完卵。
恭喜您的孫子考試破鴨蛋！
呵呵呵…
5分

出處

比喻全體覆沒或遭殃，其中個體也別想倖免於難。也作「覆巢之下無完卵」。
語出南朝宋・劉義慶《世說新語・言語》：「融謂使者曰：『冀罪止於身。二兒可得全不（否）？』兒徐進曰：『大人。豈見覆巢之下，復有完卵乎？』」

政治篇

牛鬼蛇神

ㄋㄧㄡˊ ㄍㄨㄟˇ ㄕㄜˊ ㄕㄣˊ

⊙形容面貌嚇人，行事荒誕兇惡之人。

收保護費三千元！
黑道又來勒索了！

小混混也敢自稱大哥！

教訓你們這些牛鬼蛇神！
啊！

多謝大俠解危！

解危費三十萬！
你才是牛鬼蛇神！

出處

牛鬼，佛教指地獄裡的牛頭虎。蛇神，蛇身的神。原意為虛幻怪誕，後用來比喻各形各色的壞人。語出《老殘遊記續集》第二回：「若官幕兩途，牛鬼蛇神。無所不有。」

民胞物與
ㄇㄧㄣˊ ㄅㄠ ㄨˋ ㄩˇ
⊙形容在位者博愛萬物的胸懷。

身為君主，要有民胞物與的胸懷。

啟奏皇上！
北方鬧饑荒，急需要賑災！
喔！賑災金要五十億元！
抓頭皮
賑災

好吧！
耶！皇上真的是民胞物與呀！

把北方割讓給別國，讓他們去傷腦筋！

出處

指在位者視人民如同胞，視動物如同類。意指具有博愛的胸襟。
語出宋・張載〈西銘〉：「民吾同胞，物吾與也。」與，同類。

政治篇

除暴安良

⊙用以指稱整頓人心的措施。

壞蛋

我長大以後要當超級刑警。

我要除暴安良！
掃蕩壞蛋！

笨龜！
有誰是要我去消滅的？

黑貓！

這麼沒膽還想除暴安良！
閉上你的烏龜嘴！

出處

除去殘暴之徒，安撫善良百姓。形容整頓社會，安撫人心。

語出《鏡花緣》第六十回：「俺聞劍客行為莫不至公無私，倘心存偏袒，未有不遭惡報；至除暴安良，尤為切要。」

哈齒科
HA!
HA!
做個好牙醫，應當要有恫瘝在抱的觀念。

恫瘝在抱
ㄊㄨㄥ ㄍㄨㄢ ㄗㄞˋ ㄅㄠˋ
⊙把別人的疾苦病痛當作自己的疾苦病痛一樣。

要將患者的病痛當作自己的病痛。
不要怕，不會疼的。

我才不相信，你又沒被拔過牙。
HA!
對不起！我的已經為了示範拔光了。
HA

出處 恫瘝，指疾病、痛苦。此語本是用以勸誡從政治國者，應將百姓疾苦看作己身之疾苦，盡速為之解除。今亦可引申用來稱讚醫生能將病患的病痛當作自己的病痛，用心醫治。
語出《書經・康誥》：「恫瘝乃身，敬哉！」

為民喉舌

ㄨㄟˋ ㄇㄧㄣˊ ㄏㄡˊ ㄕㄜˊ

⊙指稱能代表民意，為人民出言建議者。

民代
官
議會

為民喉舌
這是好朋友送我的匾額。
員外從前是民意代表嗎？

我不是。
我最討厭搞政治了。
那麼您是資深記者退休的囉！
也不是。

為何稱您是「為民喉舌」呢？
你猜不到吧！
我以前是為民市場賣豬舌頭的！

充當人民的喉嚨、舌頭。比喻代替人民說話，表達意見。

《詩經・大雅・烝民》：「納王命，王之喉舌。」

貪贓枉法

貪（ㄊㄢ）贓（ㄗㄤ）枉（ㄨㄤˇ）法（ㄈㄚˇ）

⊙指責人貪求財物，因而曲解法律來圖私利。

兒呀！你未來的志願是什麼？
我立志要當大律師。

爸！我考上律師執照了！
哈哈！
但是在當律師前，您先幫我請個律師！
為什麼？

因為我盜版了外國的「法律百科全書」。
貪贓枉法之徒還妄想當律師！

出處

贓，所收的賄賂。枉法，故意曲解法律以圖私利。是說貪圖賄賂，敗壞法律。

語出元・無名氏《陳州糶米》第二折：「老夫范仲淹，自從劉衙內保舉他兩個孩兒去陳州開倉糶米，誰想那兩個到的陳州，貪贓壞法，飲酒非為。」

結黨營私

⊙聯合歹徒，做不法的勾當。

和我合作，包準你賺大錢。

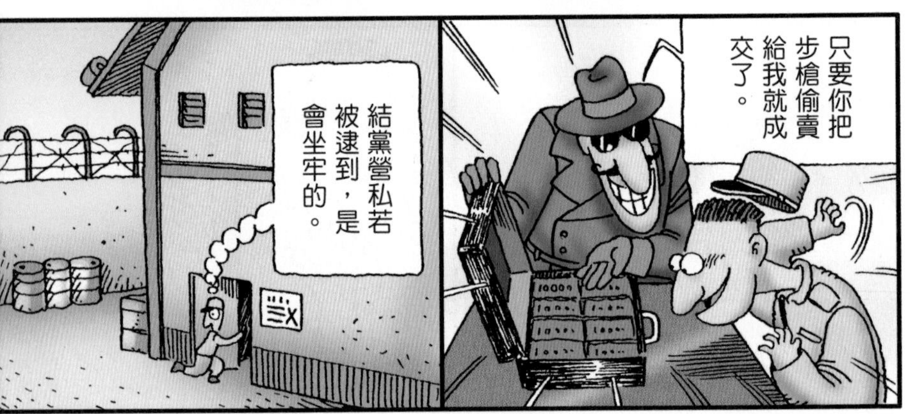
只要你把步槍偷賣給我就成交了。
結黨營私若被逮到，是會坐牢的。

啊！總司令！我……我我……

只要你不說出去，賣的錢分你一半。

出處

本指結交黨徒，營取私利，今多指結夥舞弊，行不義之事。
《唐書・蕭至忠傳》：「懷姦植黨。」
《漢書・王嘉傳》：「一切營私者多。」

監ㄐㄧㄢ守ㄕㄡˇ自ㄗˋ盜ㄉㄠˋ

⊙利用職務的方便，而盜取自己所保管的財物。

小小年紀竟然監守自盜。

身為班長怎麼可以拿學校文具回來私用？
若給別人發現，你老爸身為校長真是顏面無光！

兒子！我拿回來的筆……
咦？你怎麼也有拿？
有其父必有其子!!一窩內賊！

出處

通常用以形容藉職務方便，而竊取自己所經管之財物者。
語出《明律・刑律》：「凡監臨主事，自盜倉庫錢糧等物，不分首從，併贓論罪。」

人ㄖㄣˊ
贓ㄗㄤ
俱ㄐㄩˋ
獲ㄏㄨㄛˋ
⊙罪行與贓物一併查獲，證據十分充分。

鼠賊正在扒竊！

人贓俱獲！
錢包上又沒寫她的名字！

你身上的錢包也都沒寫名字！
有一包是我的存款，其他是別人的！
承認了吧！

出處

贓，用不正當手段得來的財物。用以表示一個人犯法，其罪行與贓物同時被破獲。
語出《拍案驚奇》第三十六卷：「按名捕捉，人贓俱獲。」

三令五申
ㄙㄢ ㄌㄧㄥˋ ㄨˇ ㄕㄣ
⊙重要的規定一再地叮嚀告誡。
猫
危險
本軍的紀律愈來愈糟糕了！

我三令五申要七點前歸營！
結果你們在十一點才回來！
報告元帥，這實在是個小誤會。

因為您的字太爛，七時寫得像十一時。
七時前必須歸營違者嚴究
大元帥
印

出處
再三的叮嚀告誡。
《史記・孫吳傳》：「吳王出宮中美女得百八十人，孫子分為二隊，約束既布，乃設鈇鉞，即三令五申之。」鈇鉞，ㄈㄨˇ ㄩㄝˋ，是古時軍中殺人所用之器，後凡刑戮之具皆稱鈇鉞。

弔民伐罪

⊙征伐殘暴的政府，來安撫受苦的民眾。

微服出巡不可太擾民。
喳！

弔民伐罪，推翻滿清
啊！
來人哪！
喳！

推
去把寫此字的人找出來！
要處死嗎？
弔民伐罪，推翻滿清
「吊」死怎麼寫成「弔」慰了呢？

出處

弔，撫慰。用以表示征討有罪之人，以撫慰民眾。
語出《孟子‧梁惠王下》：「誅其君而弔其民，若時雨降。」另見魏明帝樂府：「伐罪以弔民，清我東南疆。」

令出如山

ㄌㄧㄥˋ ㄔㄨ ㄖㄨˊ ㄕㄢ

⊙命令一頒出就徹底執行，絕不更改。

報！
敵營上百騎兵向前移動！

快備戰馬。
我要親自出馬！

報！
那些騎兵是去娶親的。

怎麼辦？令出如山。只好硬著頭皮幹了。
恭喜呀！我親自來送賀禮！
?

出處

山嶽又大又重，用以比喻軍令、法令一頒出就徹底執行，絕不更改，如山嶽一般，不能移動。語出《官場現形記》第十三回：「果然現任縣太爺，一呼百諾，令出如山。」

公告
凡是任何加
油車輛均需
先向政府申
請。
立法院。

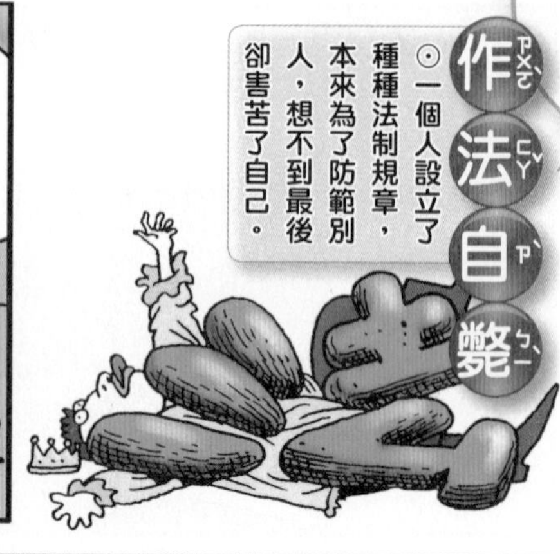
作ㄗㄨㄛˋ法ㄈㄚˇ自ㄗˋ斃ㄅㄧˋ
⊙一個人設立了種種法制規章，本來為了防範別人，想不到最後卻害苦了自己。

車沒油了！
加油必須先申請！

我給雙倍錢！我急著去開會！
不行！要先申請！

我就是立法的人！也要申請嗎？
汽油正在申請中！
你作法自斃！

出處

作法，立法。斃，死。今用以比喻籌劃設計或立定法規以防治他人，卻反自受其害。
語出《史記・商君傳》：「商君亡在關下，欲舍客舍，客舍舍人不知其是商君也，曰：『商君之法，舍人無驗者，坐之。』商君喟然而嘆曰：『嗟乎！為法之敝，一至此哉！』」坐，科人以罪。

格殺勿論
⊙不管任何情況，都要將對方殺死。
獅子？我沒看到！

誰敢違抗我的命令，格殺勿論。

來人哪！給我泡一壺茶。
不用了！
你給我拿瓶酒吧！

喂！你們這是幹什麼？
你違抗了你自己說的命令！
我……我……我……

出處

格殺，擊殺。論，指依法追究過失。

《史記・荊燕世家》：「定國使謁者以他法劾捕格殺郢人以滅口。」

《清會典事例・刑部》：「如兇徒持杖拒捕成傷，登時格殺者，仍照律勿論。」

對(ㄉㄨㄟˋ)簿(ㄅㄨˋ)公(ㄍㄨㄥ)堂(ㄊㄤˊ)

⊙兩方互訴於法庭以解決爭端。

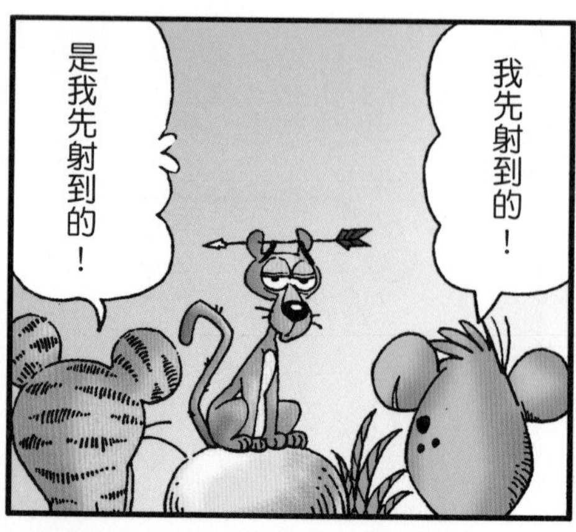
我先射到的！
是我先射到的！

有本事的就對簿公堂！
好！誰怕誰！
法律之前人人平等！

你們射到的是保育動物！
要關一年！既然是一起射到的。各關半年！

出處

簿，文狀，此指訴訟時記錄在簿籍中的文狀。對簿，核對文簿，查驗是否合於事實。公堂，官府辦案的廳堂。此語用來表示雙方互訴於法庭，以解決事端。亦作「對簿公庭」。

語出《史記・李將軍傳》：「大將軍使長史急責廣之幕府對簿。」

漏網之魚

ㄌㄡˋ ㄨㄤˇ ㄓ ㄩˊ

⊙比喻逃過法律制裁、逍遙法外的人，或是逃過別人攻擊而倖免於難的人。

只抓到兩個盜獵的，帶頭的逃掉了！
國家公園
我這個漏網之魚還好沒被發現！

吼！我就是剛才你槍下的漏網之魚！
哎喲！這裡有一個漏網之魚。
車專獄地

出處

《史記・酷吏傳》：「漢興，網漏於吞舟之魚。」

元・鄭廷玉《後庭花劇二》：「他兩個忙忙如喪家之狗，急急似漏網之魚。」

嚴刑峻法
⊙形容治理人民的刑律，非常嚴厲殘酷。

正大光明
這些愚民要用嚴刑峻法來管理。

今後凡是有罪的，先打五十大板！
有位老婦控告他兒子不孝！
把他抓起來狠狠打！

你為了功名，竟然拋棄了我！
老媽！
這種庸官要用嚴刑峻法來處理！

出處

嚴厲而殘酷的刑罰。峻，嚴厲。
語出《後漢書・崔駰傳》：「故嚴刑峻法，破奸軌之膽。」軌，壞人。

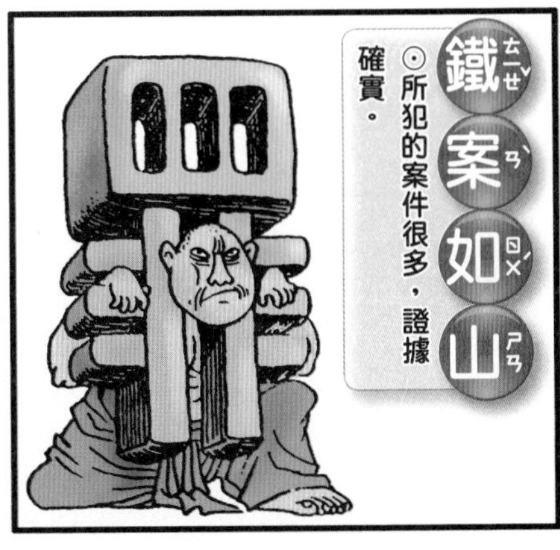

鐵ㄊㄧㄝˇ案ㄢˋ如ㄖㄨˊ山ㄕㄢ
⊙所犯的案件很多，證據確實。

你這個扒竊王，鐵案如山，要判你重刑！

啊！本府的驚堂木呢？

稟告大人，小的無聊，借來玩一玩。

大膽!!
劊子手把他拖出去斬啦！
咦？刀呢？
各位別慌，刀子被我拿去賣啦！

出處

鐵案，指證據確實，不能改變的事。如山，堆積如山之意。用來比喻一個人所犯的案件很多，且證據確實。

語出《福惠全書・刑名部問擬》：「取領附卷，以成鐵案。」

一人得道，雞犬升天

一ㄧ 人ㄖㄣˊ 得ㄉㄜˊ 道ㄉㄠˋ 雞ㄐㄧ 犬ㄑㄩㄢˇ 升ㄕㄥ 天ㄊㄧㄢ

◎一個人得勢，他的親友也跟著沾光。

喲！陳大福又升官啦！

瞧！
人運氣好，連牆都擋不住。
對呀！連他的兒子也升為班長了。

一人得道，雞犬升天。
他家的狗也當街長了。

比喻一人得勢，跟他有關係的人都沾光。
語出漢・王充《論衡・道虛》：「儒書言：淮南王學道，……奇方異術，莫不爭出。王遂得道，舉家升天，畜產皆仙，犬吠於天上，雞鳴於雲中。此言仙藥有餘，犬雞食之，並隨王而升天也。好學仙道之人，皆謂之然。此虛言也。」

妳為何對我虎視眈眈？
咦？

虎ㄏㄨˇ視ㄕˋ眈ㄉㄢ眈ㄉㄢ
⊙形容伺機而動的樣子。

因為你的狗對我的貓虎視眈眈。
!
是她的貓先對我家小鳥虎視眈眈。

是他家小鳥先對我家的蟲虎視眈眈！
那我們應該對誰虎視眈眈呢？
隔壁的垃圾！

眈眈，目光直視的樣子。
語出《易經‧頤卦》：「虎視眈眈，其欲逐逐。」

政治篇

鉤（ㄍㄡ）心（ㄒㄧㄣ）鬥（ㄉㄡˋ）角（ㄐㄧㄠˇ）

⊙比喻雙方刻意運用計謀，彼此爭鬥。

師弟，你為何要與我鉤心鬥角？
你才是！

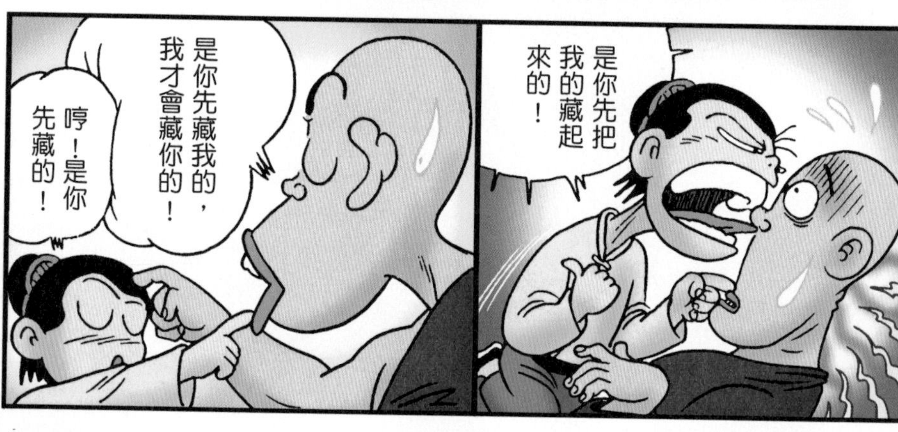
是你先把我的藏起來的！
是你先藏我的，我才會藏你的！
哼！是你先藏的！

師父發現了一定先罵你！
他會先罵你！
是誰把一堆蟋蟀藏在我床上？

出處

鉤心，指樓房中的梁木互相緊密連接。鬥角，指屋角和屋角相互交疊，像在爭鬥一樣。此語本指宮室建築的交錯緊密。今用以比喻雙方各逞機謀智巧。

語出唐・杜牧〈阿房宮賦〉：「五步一樓，十步一閣。廊腰縵迴，簷牙高啄，各抱地勢，鉤心鬥角。」

旗鼓相當
ㄑㄧˊ ㄍㄨˇ ㄒㄧㄤ ㄉㄤ
⊙比喻雙方勢均力敵，不分高下。
兄弟象和統一獅的實力旗鼓相當。
LION
兄弟

恰恰擊出一支全壘打！
太帥啦！
兄弟隊贏定啦！

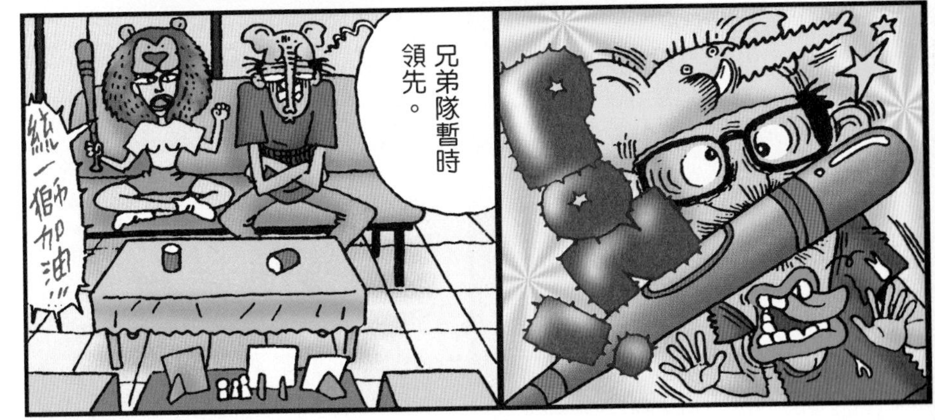

兄弟隊暫時領先。
統一獅加油!!

出處

本用以形容兩方軍隊聲勢相等。引申用以比喻雙方能力相當。

《後漢書・隗囂傳》：「如令子陽到漢中三輔，願因將軍兵馬，鼓旗相當。」

《三國志・魏志・管輅傳注》：「管輅別傳曰：太守單子春，欲試輅之才辯，謂輅曰：吾欲自與卿旗鼓相當。」

窮ㄑㄩㄥˊ兵ㄅㄧㄥ黷ㄉㄨˊ武ㄨˇ

⊙形容掌握政權的人喜好作戰，時常濫用武力。

出動戰艦侵略地球！

窮兵黷武會引起國際的指責。
難怪有人說大王只會打仗，其他都是白癡。

誰說的？
戰艦艦長。
出動戰車把他家鏟平！
窮兵黷武。

出處

黷，濫用。全句是說：竭盡士卒，濫用武力。此語常用以形容執政者好戰，用兵不止，濫縱武力。

〈新序雜事篇〉：「好戰窮兵，未有不亡者也。」

《後漢書・劉虞傳》：「公孫瓚既為袁紹所敗，而猶攻之不已。虞患其黷武。」

黔ㄑㄧㄢˊ驢ㄌㄩˊ技ㄐㄧˋ窮ㄑㄩㄥˊ
⊙比喻一個人的本領有限，再也無計可施。

這隻怪東西不知道有什麼厲害的本領？

!
噢—哝—噢！
嘿！原來只是會踢踢腿的呆驢。

你就當我的晚餐吧！
BOOON
又抓到了一隻笨老虎。

出處 柳宗元〈黔之驢〉：「黔無驢，有好事者，船載以入；虎見之，尨然大物也。以為神，蔽林間窺之，慭慭然莫相知。然往來視之，覺無異能者，稍近益狎。蕩倚衝冒。驢不勝怒，蹄之。虎因喜，計之曰：『一技止此耳！』因跳踉大㘎，斷其喉，盡其肉，……」慭，音ㄧㄣˋ，謹慎的樣子。

成語字謎 5

烏龍教室

難度 ☆☆☆

嗆！嗆！嗆！連闖四關，堂堂邁入第五關。賀喜少爺！恭喜小姐！看來你的成語實力愈來愈強囉！快來見招拆招吧！現在對你來說，這些小測驗應該都只是一塊小蛋糕(a piece of cake)而已。

下頁的表格裡，共有11組成語缺字填空，快來動動腦，把空格補上喔！

下方有提示喔！

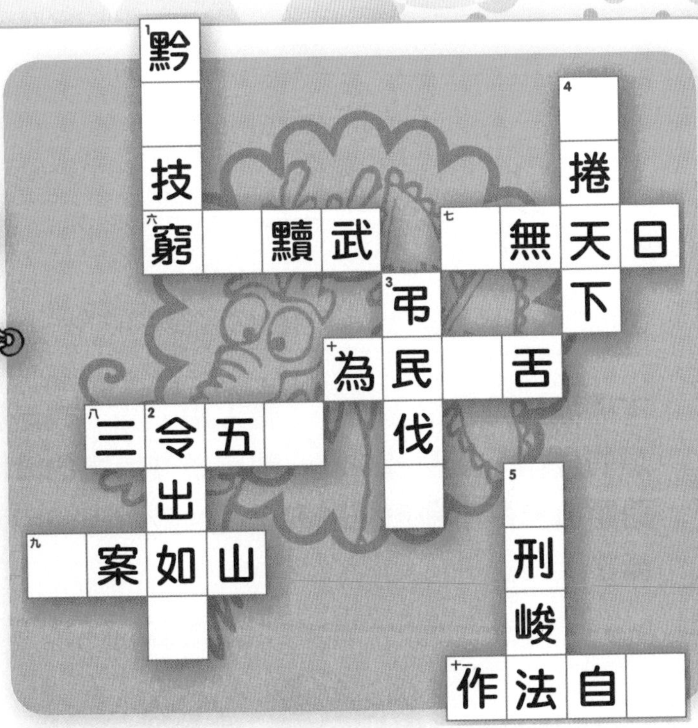

提示：

1 比喻拙劣的技能用完後，已經無計可施。

2 命令發出後，必須執行到底。

3 慰問受苦百姓，討伐有罪統治者。

4 形容力量強大，控制了所有地區。

5 比喻法律規範和罰則非常嚴格。

六 形容派出大量兵力，發動戰爭。

七 形容一片黑暗，看不到光明。

八 比喻再三告誡。

九 指證據完備，無法推翻。

十 代替人民爭取權益。

十一 自己訂立的法規，反而讓自己受害。用來形容自作自受。

答案：1.黔驢技窮、2.令出如山、3.弔民伐罪、4.席捲天下、5.嚴刑峻法、6.窮兵黷武、7.暗無天日、8.三令五申、9.鐵案如山、10.為民喉舌、11.作法自斃

（提示答案都在P.161～203喔！忘記的話快點翻到前面複習一下吧！）

總結
模擬考

本書收錄「事物篇」、「待人篇」和「政治篇」三種分類的成語，請讀者朋友一起來做做簡單的模擬小測驗，看看自己是不是已經融會貫通，確實理解每個成語的意義了！

同義成語連連看

請把下列成語的解釋
寫在成語下方，
並把意思相近的成語
用「──」相連。

袖手旁觀	監守自盜
探囊取物	富貴浮雲
以牙還牙	隔岸觀火
貪贓枉法	睚眥必報
黃粱一夢	唾手可得

同義成語連連看

解答

看到答案有沒有恍然大悟啊？你不妨依照成語下方的頁碼標示，重新複習一下吧！複習後，不妨重新再做一次測驗，可以加深記憶喔！

袖手旁觀（見P.80）	隔岸觀火（見P.81）
探囊取物（見P.52）	唾手可得（見P.53）
以牙還牙（見P.154）	睚眥必報（見P.157）
貪贓枉法（見P.185）	監守自盜（見P.187）
黃粱一夢（見P.69）	富貴浮雲（見P.68）

反義成語連連看

請把下列成語的解釋寫在成語下方，並把意思相反的成語用「⟷」相連。

門庭若市	甘拜下風
巧言令色	拔刀相助
煥然一新	門可羅雀
自掃門前雪	疾言厲色
不可一世	滿目瘡痍

反義成語連連看

解答

看到答案有沒有恍然大悟啊？你不妨依照成語下方的頁碼標示，重新複習一下吧！複習後，不妨重新再做一次測驗，可以加深記憶喔！

PA

門庭若市 （見P.13）	↔	門可羅雀 （見P.12）
巧言令色 （見P.90）	↔	疾言厲色 （見P.143）
煥然一新 （見P.19）	↔	滿目瘡痍 （見P.178）
自掃門前雪 （見P.78）	↔	拔刀相助 （見P.98）
不可一世 （見P.130）	↔	甘拜下風 （見P.141）

時報漫畫叢書 FT0858

漫畫中國成語 4

作　者——敖幼祥
主　編——陳信宏
責任編輯——邱憶伶
責任企畫——王紀友
整理校對——黃蘭婷
成語審訂——陳美儒
字謎設計——佛洛阿德
美術設計——溫國群

發 行 人——趙政岷
出 版 者——時報文化出版企業股份有限公司
台北市10803和平西路三段二四〇號三樓
發行專線——（〇二）二三〇六—六八四二
讀者服務專線——（〇二）二三〇四—七一〇三
（如果您對本書品質有任何不滿意的地方，請打這支電話）
讀者服務傳真——（〇二）二三〇四—六八五八
郵撥——19344724 時報文化出版公司
信箱——台北郵政七九～九九信箱

時報悅讀網——http://www.readingtimes.com.tw
電子郵件信箱——newlife@readingtimes.com.tw
時報出版愛讀者——http://www.facebook.com/readingtimes.2
法律顧問——理律法律事務所 陳長文律師、李念祖律師
印　刷——華展印刷有限公司
初版一刷——二〇一二年五月十一日
初版三刷——二〇一八年十一月十五日
定　價——新台幣二八〇元

漫畫中國成語 / 敖幼祥著.
--初版. --臺北市：時報文化，2010.10
冊；　公分. --（時報漫畫叢書）
ISBN 978-957-13-5274-9（第1冊：平裝）
ISBN 978-957-13-5313-5（第2冊：平裝）
ISBN 978-957-13-5378-4（第3冊：平裝）
ISBN 978-957-13-5565-8（第4冊：平裝）
1.漢語 2.成語 3.漫畫
802.183　　99016519

時報文化出版公司成立於一九七五年，
並於一九九九年股票上櫃公開發行，於二〇〇八年脫離中時集團非屬旺中，
以「尊重智慧與創意的文化事業」為信念。

ISBN 978-957-13-5565-8
Printed in Taiwan

成語

成
語